얼치기 자연인 각설

얼치기 자연인 각설

© 조홍열, 2025

초판 1쇄 발행 2025년 5월 27일

지은이   조홍열
펴낸이   이기봉
편집   좋은땅 편집팀
펴낸곳   도서출판 좋은땅
주소   서울특별시 마포구 양화로12길 26 지월드빌딩 (서교동 395-7)
전화   02)374-8616~7
팩스   02)374-8614
이메일   gworldbook@naver.com
홈페이지 www.g-world.co.kr

ISBN   979-11-388-4308-9 (03810)

얼치기
자연인
각설

조홍열 글

나의 열정은
　　　　　아직 끝나지
않았는가
　　　　보다

– 수필집을 발간하면서

나의 열정은 아직
끝나지 않았는가 보다

서울에서 새로운 중심지가 된 강남역을 비롯한 여러 곳에서 빨간 공용버스 노선과 경부고속도로의 확장, 2개 노선의 고속도로가 안성까지 다닌다는 것은 신바람을 더했다. 급행이 있는 1호선 전철과 고속버스에 의존하던 안성까지의 이동에 획기적인 변화가 생겼다.

강남역에서 버스전용차로로 40여 분 만에 안성IC에 다다랐다. 더하여 안성읍까지는 30여 분 미만이면 도착할 수 있는데 국도도 확장공사 중이므로 공사가 완성되면 안성까지의 시간 거리는 더 가까워질 것이다. 안성과 인연을 맺은 지 33년 만에 이루어진 쾌거다. 퇴직한 지도 벌써 15여 년 본격적으로 글을 쓴 지도 퇴직 후로 보아야 할 것이다. 수필을 다듬다 보니 지나간 세월은 어제 같은데 앞으로 지나간 기간만큼 존재할 것인지 생각해 본다.

10대 시절 거주하던 고향 충남 연기군은 행정수도 세종시로 바뀌어서 많은 변화를 겪어 옛 모습이 거의 없었다. 그래서인지 이모님이 계시던 안성에서 고향보다 더 많은 인연을 만들게 되었다.

안성 금광저수지 끄트머리 진천 가는 지방도 곁에 있는 '인연 엮어가기' 카페에서 거주 중인 문인이 생각난다. 서대문구청에 근무할 때 모 문인과 같이 방문했던 장소였다.

그런 문인들과 엮어진 인연이 글을 쓰는 기초가 되어 지금까지의 인연이 글 쓰게 된 동기가 된 것 같다. 동기 부여한 모든 지인에게 감사드린다. 산 아래쪽의 버려진 밭에서 자라던 아카시아를 제거한 것을 시작으로 수많은 시행착오와 성취 등이 지나고 보니 모든 것이 글이 되는 원동력이 되었다. 너른 땅만 보고 길이 없는 것을 모르고 400m 아래 건축 가능한 논을 무조건 매입한 것이 당시는 무모한 짓 같았지만 이제야 때를 만난 것 같다.

그동안 땅과 관련된 지인들은 몇 분이 돌아가시고 다음 세대와 상통하는 세월이 되었다. 봄이 되면 어김없이 많은 야생화와 자연산 산나물을 구경하거나 얻을 수 있고 가을에는 밤 줍는 재미가 있었다. 이곳에서는 각종 약재가 더불어 생산되었고 1년 먹을 쌀은 돈으로 치면 얼마 되지 않지만 가슴은 포만감으로 가득 찼다.

산 곳곳에는 많은 추억이 얽혀 있다. 서울의 옛집 갈현동을 떠날 때 옮겨 온 연리지 모과나무, 그 전에 성남시에서 옮겨 온 무궁화나무, 잡초 사이에 식수하였던 밤나무는 고목이 되었다.

마가목을 식수하였으나 실패한 경험을 통해서 농사는 공짜가 없고, 각자 먹을 밥이 따로 있으며, '송충이는 솔잎만 먹고 산다.'라는 교훈을 되새겼다. 비닐하우스가 30년 전에 갓 완공되어 들뜬 마음으로 크리스마스이브를 추운 겨울밤을 보내고자 나무로 불을 지핀 비닐하우스에서 가족과 함께 보낸 것 모두가 추억이 되었다.

뭇 어른들로부터 근로 의욕을 배우고 『안성문학』을 통해 맺은 인연도 상당하다. 이제는 70 초로의 늙은 나이, 그러나 열정은 식지 않은 것 같다.

땅을 경작할 나이도 앞으로 10년 안팎, 땅과 관련된 인연은 육체를 움직일 때까지이나 머리는 그 이상으로 갈 것 같다.

나에게 안성과의 인연은 남은 생의 전부라고 볼 수 있다.

　나의 열정을 펼칠 곳이기에.

　내가 수필을 쓰는 동안에 함께해 주고 이 책을 만들도록 응원해 준 고마운 아내와 가족에게 이 책을 바친다.

　이 수필집이 출간될 수 있도록 처음부터 끝까지 애써 주신 권순자 양천문협 전 회장님에게 감사드린다.

2025년 4월 봄날 안성에서

차례

제3부 토종닭 저가로 키우기

제4부 뜸부기 모녀의 운명

제5부 양주 한잔의 추억

제1부

얼치기
자연인
각설

얼치기 자연인 각설

내가 농사꾼의 아들이었다면 아마도 농사짓는 일이 지겨워 이런 상황을 만들지 않았을 수도 있다.

어릴 적 어머니 손에 이끌려 삽자루와 곡괭이를 들고 하천부지를 일궈서 씨앗 뿌려 싹 나고 자라던 모습을 지켜보면서 수확의 기쁨이 잠재의식으로 남아 이런 선택을 하였는지도 모른다.

이 심심산중에서 무한정으로 신선한 공기를 공급받으며 컴퓨터로 맑은 글을 쓸 수 있는 나는 현대판 로빈슨 크루소일까? 마음만 먹으면 아래 지방도로로 내려가 늙수그레한 운전기사가 한 시간마다 왕래하는 100번 시골 버스에 훌쩍 몸을 실으면 웬만한 곳은 달려갈 수 있으니 반은 문명의 혜택을 받는 셈이다.

돈 주고 사지 않아도 되는 좋은 공기와 지하수를 마시면서 생활한다는 것은 공직생활 중 스트레스를 받았을 때와 비교하자면 너무나 동경하던 생활이 아니었던가. 지금 생각하면 과욕으로 인한 스트레스도 많이 받았다.

때론 적당한 스트레스가 실생활에 도움이 된다고도 하니. 로마에 가면 로마법을 따를 수밖에 없다는 생각을 해 본다. 하긴 수압을 많이 받는 심해의 물고기는 수심이 얕은 바다에서는 살아갈 수 없다고 한다.

가장의 경제적 의무 그중 우리 세대는 윗세대와 아랫세대에 대한 의무만 있고 수혜를 받을 수 없는 샌드위치 세대라고 한다. 지금이나마 떨어져 나와 한가롭게 생활할 수 있다는 사실에 만족하고 산다. 다소의 잔병치레는 자만과 욕심부리지 않고 살아가라는 경계신호로 알고 맞추어 살면 그 뿐이다.

40년 전 총각 시절 홀로 자취생활을 경험한 이후 편안한 집을 나와 나 홀로 선택한 취사는 불편한 점도 많으나 무관심할 때는 때로는 서운하기도 하나 과잉 간섭하는 아내의 잔소리와 상쇄하면 그뿐이다.

혼자 있다 보면 조금 심심하기는 하나 창밖에는 연두색에서 녹색으로 변하는 나뭇잎이 살랑거리기도 하며 무관심에 지겨운 나뭇가지가 호기심 발동으로 창 안을 넘겨보고 때론 말을 걸어 오는 것 같기도 하다.

이른 새벽어둠이 엷어지면서 어슴푸레 여명이 밝아오면 창밖에선 아침 인사와 조반을 준비하는 새소리가 들린다. 울음소리가 특이하다. 까치와 비슷하나 꼬리가 길며 예쁜 색깔이나 새 이름을 알 수 없다. 이럴 땐 새 박사 윤무부 박사님에게 물어볼까? 산책하다 윗집 표고버섯 농장 어른께 물어보니 산까치란다.

흑색 일변인 도시 주변의 까치보다 숲속의 까치라 예쁘고 영리한 것 같다. 새집 근처에 청설모가 가까이 가면 여러 마리가 함께 소리 내며 달려 든다.

며칠 전엔 친구와 백숙 먹고 남은 닭 뼈를 그릇에 담아 내놓았더니 몇 마리가 우르르 달려와 닭 뼈의 남은 고기 조각을 쪼아 먹더니 나중에 보니 갈비며 목뼈까지 다 물어 갔다. 아마 산까치 무리 중에 도목수나 건축가가 있어 둥지 만들 때 구조재로 쓰려고 가져간 모양이다.

로빈슨 크루소는 외로운 나머지 앵무새에게 말을 가르쳤다지. 이곳은 핸드폰도 감청이 잘 안 돼서 들리기는 하는데 앞뜰 중간에 가서야 간신히 통화가 되며 유일하게 라디오를 듣는 게 전부다.

막내 도움으로 설치한 컴퓨터는 아랫집 판화 전문 교수 댁에서 무선 인터넷 컴퓨터 사용 시 무선 일부를 도용하여 컴퓨터를 사용할 수 있으나 긴 글을 쓰기는 어렵다. 조만간 컴퓨터에 투자해 독자적인 무선 인터넷을 설치하여야 할 것 같다.

문명의 이기는 편리하기는 하나 때론 공해로 탈바꿈되기도 한다. 뉴스를 반복해 듣는 것보다는 불교방송을 들으면서 많은 생각을 한다. 서울에선 괜히 TV 채널을 이리저리 돌리고 더구나 케이블 선까지 가미된 수많은 채널이 첨가되어 TV 앞에 가면 산만해져서 무슨 일을 제대로 할 수가 없다. 그런 면에서 라디오는 작업하면서 들을 수 있는 장점이 있다. 때론 문명의 이기에서 좀 떨어져 생활하는 것도 좋은 방법 같다.

주변의 변화는 며칠 전 읽은 법정 스님의 '매일매일 새날이고 똑같은 날은 두 번 다시 오지 않는다'는 말씀에 공감한다. 때로는 우리 같은 서민이 아무리 좋은 명언을 말해 봤자 들어 주는 사람이 없으면 그뿐이다. 그저 살아가는 방편이라고 생각해 본다.

지식은 우리 인류가 선대로부터 살아온 수많은 경험으로부터 나왔기 때문에 책 속에 모든 것이 들어 있다. 주어진 환경 때문에 제때 독서를 못 하였다면 지금이나마 기회라 생각한다.

머리를 쓰지 않으면 치매가 일찍 찾아온다고 한다. 치매로 인하여 자신의 의사와 상관없이 운명이 결정된다면 참으로 슬프고 죽은 목숨이나 마찬가지일 것이다. 군 시절 늦게나마 책 읽을 기회가 주어져 『파우스트』를 읽었다. 파우스트 박사에게 몇 개의 박사학위를 받은 것에 대한 소감을 묻자, 그는 해변에서 조개껍질 몇 개 주운 것뿐이라고 말한 것이 기억에 남는다.

기침, 가래에 좋다 하여 캐 온 질경이와 산뽕잎도 말려야 하고 토마토, 완두콩, 오이에 세워 줄 지주목도 베어 와야 하는데.

처가 식구와 아내가 같이 있었던 5월 31일인 어저께는 바쁜 하루였다. 누가 시키지 않아도 눈치 안 보고 머위와 쑥 뜯고 들깨 모종 옮겨 심고, 호박 모종 파종하고, 주변 정리하면서 나물 삶는데 도와주려고 가마솥에 불 때고 야채밭에 물 주는 등 거의 초기 가내공업 및 채집 수준이라 바쁘기만 하다. 원가는 적게 들어도 실적은 원가에 비하면 괜찮다. 사업하는 사람의 인건비 걱정이나 수금 걱정에 비하랴.

같이 서울 가 봐야 별수 없어 처가 식구와 아내가 떠난 날에도 구들장 데운 것이 아까워 황토방의 뜨거운 구들방에서 하룻밤을 더 보냈다.

며칠 전 신문 기사 중 스페인의 한 지방자치는 1인당 매달 1,500불의 소득이 보장되면서 고용률은 100%라고 말한다. 일부러 농장작업을 기계화하지 않고 수작업 등 육체노동으로 대체함으로써 효율을 극대화하지 않고 고용을 늘리게 하는 신사회주의 정책을 실현하는 곳의 삶은 행복할 것이라는 생각을 해 본다. 하긴 자발적 노동이므로 마음은 편할 것이다. 임금이나 대통령도 자기관리는 자신의 몫일 것이다. 권력을 가진 만큼 머릿속은 얼마나 복잡할까?

수렵시대 우리 조상은 사냥과 채집 등 생존을 위하여 하루에 60km를 달려야 살 수 있었다는데……. 그 시대와 달리 머리와 손가락만 주로 사용하는 현대인은 별도로 운동하지 않으면 정상적인 체력을 유지할 수 없다고 한다.

부모와 연계된 친족, 직장 동료 등 주변의 수많은 사람으로부터 도움을 받으며 편히 살아왔다는 것을 지금에야 실감할 수 있는 것 같다. 취사 등나 자신이 해결하여야 할 생활과 비교하면 그래도 압축된 재화인 돈의 발명으로 생존을 위한 극한투쟁을 하여야 하는 수렵시대와 비교하면 지금이 훨씬 나은 생활이 아니겠는가?

자기 분수에 넘치는 큰일을 맡아 하고 너무나 깨끗하게 대중 앞에 나서서 자신만만한 삶을 살다가 어쩔 수 없는 권력의 잔재에 혼자 고민하다가 몸을 던진 후 사후에 조그만 비석 하나만 세워 달라는 분의 입장에 비하면 현재 나의 삶은 더없이 즐거운 인생이 아니겠는가.

흰돌리 마을의 아마겟돈 전사

〈아마겟돈〉이라는 영화를 보았다. 미국 땅에 텍사스주만 한 혹성이 돌진하여 오는 것을 미리 감지하여 혹성이 충돌하기 전 우주 특공대가 혹성에 상륙하여 혹성 내부에 핵폭탄을 장전 후 폭파시켜 지구를 구하나. 마지막 한 사람은 어쩔 수 없이 장렬히 전사한다는 이야기다. 공룡이 멸종한 이유 중 혹성 충돌과 관련된 설도 있다.

여름 동안 약초 캐러 동네 인근 산야를 헤매다가 우연히 발견한 말벌(police)집 두 개를 발견하였다. 하나는 집 뒤 계곡 쪽에 있는 호두나무 아래에 있고, 다른 하나는 이웃 판화를 제작하는 김 교수 집 모퉁이의 찔레나무 사이에 건축가 못지않게 설계하여 비바람에도 절대 날아가지 않도록 가지 사이로 연결하여 건축한 말벌집이다.

한여름 동안은 말벌집에 접근하기가 겁났다. 출입구 쪽으로는 연신 벌들이 들락거리는 가운데 몇 마리의 벌들이 경계를 서면서 둥그런 말벌집을 부지런히 오가며 보초를 선 채 공사 중이다. 벌들이 벌이는 활동을 관찰하다 보면 마치 조그마한 도시국가를 건설, 운영하는 것 같다.

풀 베는 작업 중 말벌에 쏘여 안성 의료원에 하루 저녁을 입원한 적도 있다. 놀러 왔던 고교 동창은 말벌집 이야기를 듣고 약에 쓴다며 말벌집을 채취하려고 고집을 부렸다. 친구는 안전장비를 갖추지 않고 말벌집을 떼어 내려다 고무장갑 대신 면장갑을 끼었기에 무방비 상태인 손등을 네 군데나 쏘인 끝에 뚱뚱 부어올라 친구가 고통스러워하는 모습을 보고 나는 당황할 수밖에 없었다.

순간적으로 119에 신고하여야 하나 고민했다. 만약 입원한다면 놀러 간 남편이 병원에 있다는 말에 놀라서 병원으로 급히 달려올 동창생 부인을 어떻게 대면할까 하는 문제와 친구가 중태라면 더 어려워질 수도 있다는 생각을 했다. 더군다나 동창생은 혼자 온 것도 아니고 여자 동창까지 모시고 왔다.

어쨌든 벌 쏘인 동창생 문제는 그럭저럭 잘 수습되고 나중에 후유증이 없었느냐고 물어보니 뚱뚱 부은 손을 수건으로 잘 감싸 부인에게 들키지 않고 잘 넘겼다는 답변을 들었다. 나중에 기어코 말벌집을 떼어 간다는 동창생 말에 나는 책임질 수 없어 나 없을 때 작업하라고 답변하였다.

11월 말 영하의 기온이 계속될 때 추운데 설마 말벌이 활동할 수 있겠나 하고 집 뒤의 말벌집이 있었던 곳에 가 보니 말벌집이 보이지 않는다. 동창생에게 전화 걸어 주인 허락도 없이 벌집을 떼어 갔느냐고 물어보니 황당한 말씀이란다. 다시 그곳에 가 주의 깊게 살펴보니 벌집 있던 자리 하단에 부서진 벌집이 보인다.

월동하기 위한 적은 숫자의 말벌이 있을 줄 알았으나 빈 벌집뿐이다. 나중에 안 사실이지만 월동 중인 말벌을 새가 무참히 쪼아 먹은 것이다.

김 교수 집 주변 다른 말벌집을 찾아가 보니 벌집 일부는 부서진 상태로 떨어져 있고 벌집 주요 부분은 찔레나무 가지와 가지 사이를 구조적으로 튼튼히 연결되었기에 견고하게 매달려 있었다. 질겨서 뜯어보기 어렵게 봉인된 벌집의 방 스무 군데 중 하나의 방을 뜯어보니 마치 광속도의 우주선 비행사가 수면 상태로 캡슐에 들어 있는 것처럼 말벌이 한 마리씩 들어 있었다. 더욱 놀라운 것은 벌집 위에 한 마리가 있고 다른 곳에도 방금 죽은 상태로 한 마리가 있는 것이 아닌가. 죽은 말벌 두 마리를 한참 쳐다보자니 〈아마겟돈〉영화 마지막 장면이 떠오른다.

분명 월동을 위하여 스무 마리 정도가 벌집 방에 들어간 후 내부에서도 추위를 막기 위하여 봉인 작업을 하였을 것으로 상상되나 그래도 마지막으로 말벌 두 마리가 외부로부터의 침입자를 막아 내면서 외부에서 캡슐 봉인 작업을 마무리하고 장렬히 사망한 것으로 추측되었다. 장소만 바뀌었을 뿐이지 혹성과 비교되는 말벌 나라의 아마겟돈 마지막 전사다.

조직이나 나라를 구하기 위해 숭고한 죽음을 바친 사람들이 생각난다. 신라의 화랑 관창, 임진왜란을 승전으로 이끈 이순신 장군, 일제강점기의 안중근, 윤봉길 의사나 유관순 열사가 있다. 프랑스의 잔 다르크도 생각난다.

암튼 마지막 말벌 두 마리의 주검은 조직을 위한 숭고한 죽음으로 볼 수 있다.

말벌집만 따로 떼어 낼 수 없어 지주목인 찔레나무 가지를 잘라 말벌집을 집으로 가져와 보관 중이다. 말벌집은 노봉방이라는 한약재로 사용하며 암 환자나 비염, 기침, 남자의 정력 증강에도 도움이 된다고 한다. 그러나 살생할 수도 없고 약으로 먹어야 할지 생각 중이다.

들불

　이른 봄 앞산에서 넘어온 도시의 오염된 먼지라고는 전혀 섞여 있지 않은 깨끗한 산들바람이 처녀치마 속을 간질여 바구니라도 들고 산으로, 들로 핑게 삼아 묵정밭의 냉이며 씀바귀 등을 뜯으러 나설 만한 나른하면서 심란한 날씨다.

　오늘도 하루 일과를 계획하여 무슨 일이라도 벌여야 할 텐데, 생각하면서 과수원을 둘러보다가 과수원 구석에 치우지 않고 방치한 쓰레기며 복숭아나무 밑에 작년에 미처 깎아 주지 않은 마른풀이 보였다. 마른풀은 겨울을 지나며 미처 자르지 않은 코털같이 흉측하여 동네 사람이 보면 정말 창피할 정도였다.

　마음 같아서는 확 들불이라도 놓아 깨끗하게 정리하고 싶었지만 계곡 건너는 무제한으로 펼쳐진 안성 이씨의 종산과 줄줄이 이어진 차령산맥의 줄기가 연거푸 연결되어 있어 들불은 위험천만한 일이었다. 과수원 구석에 쌓여 있는 폐지와 쓰레기를 태울 요량으로 주변에 불이 옮겨 붙지 않게 삽으로 쓰레기 주변을 대충 정리하고 폐지에 라이터 불을 댕겼다.

　때마침 불어오는 산들바람에 쓰레기는 잘도 탄다. 욕심을 내어 주변 정리도 같이하는 사이에 소각장을 쳐다보니 주변에 있는 가랑잎과 마른풀에 불이 옮아 붙어 번지는 중이다. 깜짝 놀라 자가 수도를 틀어 놓고 열심히 물을 떠날라 불을 껐으나 중과부적이다. 갈수록 기하급수적으로 불이 번지기 시작하여 이제는 속수무책이다. 정말 혼이 빠진다는 말이 이런 상황을 두고 하는 말일까?

불길은 황토방을 덮힐 요량으로 서울에서 운반하여 쌓아 놓은 폐목으로도 번지고 같이 있는 비닐 및 플라스틱 다라이에도 옮겨 붙었다. 그사이에 화재 신고할 엄두는 더욱 생각나지도 않았고 더군다나 매스컴을 타면 벌금을 내야 하는 등 후유증을 무시할 수 없다. 불길은 자꾸 번져 과수원의 삼 분의 이가량을 태우고 급기야는 계곡 건너 산으로도 번질 기세였다. 그런데 아래쪽에서 어째 이런 일이 정말 큰일 날 뻔했네 하며 삽으로 툭툭 치는 소리가 들려 쳐다보니 아래쪽 배 과수원 주인인 장 씨가 불을 끄고 있는 것이 아닌가.

정말 구세주가 따로 없다. 덕분에 들불이 어느 정도 잡혔고 잠시 후에 무전기 든 사람이 나타나 통성명을 하고 보니 건넛마을 이장이 화재신고를 받고 멀리서 연기를 보고 쫓아온 것이다. 불 꺼진 것을 보고 무전으로 산불진압 대책본부에 불 꺼진 것을 보고하고 있다.

피해 사항을 확인해 보니 작년 봄에 식수하여 예쁘게 싹이 나 자란 대봉 감나무 세 그루가 월동하기 위해 감싸 준 집 더미를 태우면서 감나무 하단 껍질 부분을 태웠다. 봄에 새순이 다시 안 나오면 감나무를 죽인 것이기에 같이 감나무를 심었던 둘째 처남은 실망한 눈길을 보낼 것이다.

불을 끄고 난 후에 안 사실이지만 들불이 붙으면 물 떠서 오가는 시간이면 삽자루로 뚝뚝 쳐 불을 끄는 것이 효율적인 것을 알았다. 후유, 배 과수원 장 선생이 달려오지 않았다면……. 장 씨는 과수원에서 6~700m 떨어진 자기 집에서 바라보니 과수원 쪽에서 연기가 나서 쫓아왔단다.

며칠 후 위쪽 표고버섯 재배하는 이 선생이 "과수원만 쳐다봐도 심란했는데 태워 버려서 깨끗하게 정리 잘됐네. 금년에는 농사도 잘될 거야" 하고 한말씀 하고 지나간다. 하긴 퇴비에 나무가 필요한 비료 성분이 골고루 들어 있는지는 몰라도 타 버린 재에 많이 들어 있는 가리 성분은 충분히 공급될 것이라고 확신한다. 어설픈 농사꾼이 저지른 불상사다.

며칠 후 과수원 진입로 앞에는 조그만 현수막이 설치되어 있었다.

'무단으로 논두렁을 태우거나 산불을 내면 징역이나 벌금 일백만 원'이라고. '후유.'

칠갑산 클레멘타인

1972년 당시 칠갑산 줄기를 자동차가 지그재그로 고개를 숨 가쁘게 넘어가야 했고 중턱에는 전경 검문소가 있어 하루에 10대의 버스를 검문하는 업무와 서산의 본부중대에 무선보고를 하는 게 중요한 일과 중 하나였다. 함박눈이 잔뜩 내린 날에는 무릎까지 빠지는 눈발을 헤치고 가노라면 소나무 가지는 함박눈 무게에 짓눌린 채 처져 있어 꼭 눈으로 만든 동굴속을 헤치고 나아가는 느낌이었다. 2인이 한 조가 되어 뒷산 봉우리에 올라가면 큰 소나무가 있어 무전을 치는데 약 10m 높이의 소나무 위로 올라가야 교신이 되곤 하였다.

하산하다 보면 갑자기 푸드덕하고 눈발을 떨어트리며 꿩이 날아가는 장면을 감상하기도 하였다. 당시 부대 입구 검문소 아래에는 민가가 몇 채 있었는데 그 민가 중에 어떤 사연이 숨어 있는지 몰라도 집 안에 조그만 구멍가게를 차려 놓고 장사도 하면서 농사일도 하는 할아버지와 손녀딸 되는 예쁜 처녀가 단둘이 살고 있었다.

우리 대원들은 거꾸로 누워서 하늘을 보면 산으로 둘러싸인 큰 호수 같은 깊은 첩첩산중이므로 며칠이 되어도 민간인과 말 한마디 나눌 수 없어 어떻게 하면 처녀와 말 한마디 나눌 수 있을까 궁리하다가. 고추나 마늘을 찧을 일이 있으면 서로 먼저 내려가 아궁이에 불 때는 것을 도와주다가 손을 한 번 스쳤느니 대신 고추를 빻아 주면서 말을 나누었고 과자를 사서 서로 나누어 먹었다는 등이 주요 화젯거리였다.

얼마나 깡촌이면 동네 사람은 된장국을 끓일 때도 산 계곡에 사는 식용 개구리를 멸치 대신 조미료로 넣어 먹기도 했을까.

제대 후 직장동료 중 청양군 정산면이 고향인 친구가 있어 개구리를 조미료로 사용하는 촌놈이라고 놀려 대기도 하였다. 대원 중 김광세란 친구는 소대장이 먹으려고 부엌에서 한참 끓어오르는 뱀탕기의 뽀얀 뱀탕 국물에 홀려 뱀탕 국물을 몰래 마시고 응급대책으로 멸치를 뱀탕 안에 대신 넣고 끓였다가 소대장이 뱀탕이어야 하는데 멸치 맛이 나고 속에서 멸치가 나와 결국 들켜서 기합받기도 했다.

향도와 분대장인 현직 경찰은 1년 전에 칠갑산에 근무 중 항아리에 고이 모셔 파묻은 뱀술을 찾으려고 묻었다고 생각되는 땅 주변을 열심히 괭이로 파헤치고 다녔으나 뱀술을 결국 못 찾았다. 지금도 땅속에 몇십 년 된 사주가 묻혀 있을 텐데. 그 당시 저녁에 책을 보면 왜 그렇게 집중이 잘 되던지 휴가 가서 대원이 가져온 웬만한 문학전집과 위인전과 처세와 관련된 책은 그때 다 읽었다. 머리도 맑아 일기도 잘 쓰고. 6개월간의 아쉬운 칠갑산 생활을 끝내고 본대인 서산 갯마을로 돌아왔다.

한참 후 들은 이야기지만 부대 입구에서 할아버지와 단둘이 살던 처녀는 교체 대원인 일반 순경과 눈이 맞아, 독거노인인 할아버지를 산속에 내팽개친 상태로 그 순경과 함께 줄행랑을 쳤다고 한다. 사랑에 눈이 멀면 늙으신 할아버지도 눈에 안 보이겠지…….

깡촌 산골 처녀가 경찰 아내가 되어 아들딸 낳아 잘 살 것이라고 생각해 본다. 그 후로 주병진의 〈칠갑산〉 노래가 인기를 끌게 되었고 더불어 '칠갑산'에는 많은 관광객이 모여들어 청양군청에서는 보답 차원에서 매년 주병진을 초청한다고 한다.

본의 아니게 전경 생활 중 얼차려 기합을 받은 슬픈 기억과 함께 구성진 〈칠갑산〉 노래는 지난 시절을 떠올리게 한다. 〈내 사랑 클레멘타인〉 노래와 함께.

"내 사랑아 내 사랑아 나의 사랑 클레멘타인/늙은 아비 혼자 두고 영영 어디 갔느냐."

굽이굽이 용트림한
웅장한 칠갑산
대덕봉 중턱에 흰 구름 머물고
골짝마다 하얀 수 놓았구나
면사포 쓴 소나무 잣나무는
작열하는 태양빛에
더욱 순결하게 보이누나
갈나무 참나무는 때아닌 백화에
곳곳마다 수줍어 낙화로다
숨 가쁜 자동차 엔진소리는
태고의 고요를 깨나니
설화 결을 스친 북서풍이건만
여전히 차기만 하구나
– 졸시 「칠갑정에 올라」 전문

* 1972. 11. 28. 화요일 일기책에 적힌 내용 발췌. (후일 『경찰고시』 잡지에 게재되었음)

감잎을 밟으며

하늘 맑고 높은 날 마늘을 심다가 남아 있는 자리에 양파를 심었다. 쪼그려 앉아서 하는 작업이라 일어나면 허리가 아프다.

허리도 펼 겸 짬 내어 뒤뜰의 감나무로 다가서다 보면 감잎을 밟는 느낌이 좋다. 이 순간은 일 년 중 한 번밖에 주어지지 않은 형형색색 살아 있는 양탄자를 밟고 있다. 감잎 하나하나가 수채화다. 감을 닮은 그냥 감잎. 초록과 갈색이 섞인 것, 모나지 않은 원형 모자이크의 알록달록한 것 하며 마치 각자의 인생과 살아온 나날이 다르듯 이파리 하나하나에 일 년 동안 살아온 발자취가 담긴 이력서를 펼쳐 놓은 것 같다.

손에 닿은 감 몇 개를 꺾어 껍질을 깎아 추녀 밑에 매달아본다. 동시에 곶감을 받아들고 좋아하는 외손녀 손자들의 얼굴이 떠오른다. 한편 빛깔좋은 인스턴트 먹거리에 길들여진 아이들이 거무스레한 곶감을 보고 과연 반길 것인가 생각도 해 본다.

곶감은 나 어렸을 적엔 최고의 군것질감이었다. 지난번 아랫집감나무에서 바람에 떨어져 아무도 관심 가지지 않았던 감을 주워다 껍질 깎아 말려 놓았다. 무서리와 바람, 햇볕, 좋은 공기가 반건시로 만들어 놓았다. 맛을 보니 감 속으로 압축된 당도가 달착지근하게 혀를 녹인다.

아랫집 김 교수 댁 미술 작업실에 들러 컴퓨터를 보다가 창밖을 보니 만산홍엽이 따로 없다. 붉은색, 노란색, 주황색 이파리가 떨어진 감나무에는 가지가 처진 상태로 많은 감이 달려 있다. 창문마다 보이는 가을 경치가 각각 개성이 있다. 아무리 잘 그린 수채화인들 이런 자연스런 가을 경치를 능가할 수 있으랴.

산막에서의 1박 2일 동안 가을걷이를 아직도 못다 한 일이 있으나 그나마 상경일 중간의 딸 집에 아내가 와 있다는 말을 듣고 퇴근길 혼잡시간을 피해서 빨리 올라가 저녁을 먹으려고 작정한다.

뒷정리하는 틈에도 산까치 떼들이 수없이 날아와 감을 쪼아 먹고 있다. 이놈들은 얼마나 염치없는지 내가 가까이 있어도 날아가지 않는다.

'해는 얼마 후 서산에 걸릴 텐데.'

할 수 없이 감을 따기로 하고 열심히 장대로 감을 따는 작업을 하다 보니 허리도 아프고 목도 아프고 감나무는 목질이 약해서 올라가서 작업하려다가는 가지가 부러질 수 있어 위험하다. 높은 곳에 달린 감은 따기가 어렵다.

그래, 본디 이곳은 너희들 땅이니 산까치도 겨울을 넘기려면 양식을 저장하여야만 할 것이다. 먹을 만큼 땄으니 나도 먹고 너도 먹고 다 같이 먹고 살자꾸나.

무릉도원의 천적들

밭두둑 위를 밟다 보면 올라온 서릿발이 뽀드득 소리와 함께 살며시 내려앉는 것을 보면 어느덧 겨울이 가까이 오는 모양이다.

서울에서 특별한 일이 없으면 안성 나의 터전으로 내려간다. 거기에는 때 묻지 않은 목가적인 전원이 전개되어 있고 멀리 하늘과 들을 따라 한없이 걷다가도 손을 들어 완행버스에 슬쩍 몸을 던지면 언제나 갈 수 있는 곳이다. 아직은 미완성이나 아쉬운 대로 잠잘 수 있고 주변에는 장마철이 되면 물소리가 들리는 계곡이 있어 일하다가도 몸을 씻을 수 있는 차령산맥과 연결된 곳이다.

오솔길 올라가는 길섶에는 농장과 이웃인 장 씨 댁 배 과수원이 있으며 장 씨 과수원 주변에는 고목 상태인 감나무 두 그루와 한참 뿌리를 잘 잡아 힘차게 뻗어 가던 매실나무가 있었는데 그날따라 주변이 어질러져 있어 자세히 보니 그 나무들이 처참하게 베어져 있었다. 베어진 나무를 보니 안타까운 생각도 들고 왜? 나무를 베어 내어야만 하였는지 호기심이 발동하였다.

이틀 동안을 이곳에서 수확한 서리태 콩 뒷정리하다가 틈틈이 시간이 나면 집 안팎을 손질한다.

이곳 집은 여전히 미완성인 상태이다. 이유는?

주요 부분 공사는 전문가에게 의뢰하였다. 건축을 전공한 덕분에 관계 동료나 지인으로부터 건축 잔재나 재활용재를 얻거나 주워온 관계로 집 주변은 항상 어수선하다. 처음에는 건축비도 절약하고 나의 개성도 발휘할 수 있다고 생각하였으나 아무래도 끝마무리가 좋지 않거나 일에 빠지다 보면 중노동으로 변하여 몸을 고달프게도 한다.

사람 소리가 그리울 때는 라디오를 듣는다. 시간 내어 운동할 수도 없어 지루할 때는 오솔길이나 뒷산을 산책하기도 한다.

오솔길에서 오른쪽으로 길섶에 들어서면 시내에서 싱크대 대리점을 하다가 건축경기 불황으로 이곳으로 내려와 외양간을 먼저 지은 다음 거주할 집을 짓고 있는 장 씨 아들 집이 생각난다. 그 집 마당에 들어서다 보니 장 씨가 낯모르는 나무를 심고 있어 무슨 나무냐고 물어보니 블루베리라고 말한다. 본인은 잘 몰라서 묘목을 비싸게 구매하였다는 말과 함께 나중에 들은 정보에 의하면 동네 이장 동생이 미양에서 블루베리 묘목을 재배하고 있다며 그곳으로 가 보라고 말해 준다. 거기 가면 묘목을 싸게 구매할 수 있다고 친절하게 설명하는 것까지는 좋았다. 그는 덧붙여서 내 농장에 있는 오래된 폐목 상태인 복숭아나무를 베어 내고 블루베리나 심으라고 한마디 한다.

배 과수원 주변에 있는 감나무는 오래되었으나 그래도 가을이 되면 감이 열려 제 몫만큼은 하는 나무다. 그런데 감나무와 매실나무를 먼저 베어 낸 후 내 농장의 복숭아나무도 베어 내어야 자기 농장의 배를 미국으로 수출할 수 있다는 이야기다. 그 말을 듣고 나는 순간적으로 백제가 망하기 전에 계백 장군이 자기 가족을 먼저 벤 후 황산벌로 출전하는 장군의 얼굴과 장 씨 얼굴이 겹쳐 보였다. '이런 사생결단을 한 장 씨의 마음을 과연 꺾을 수 있을까?' 하는 생각이 들었다.

내년부터 미국으로 배를 수출하려고 하는데 과수조합에서 사전에 주변 환경을 조사하는 과정에서 복숭아, 매실, 감나무 등이 있으면 병충해 전파 우려가 있어 미국으로 수출할 수 없다고 한다.

객관적인 판단으로는 각자 자기 농지에서 어떠한 작물을 재배해도 관여할 수 없는 처지이고 배 농장 조성 이후 복숭아 과수원을 만든 것도 아닌데 결과적으로 건축 행정 공직생활 때 가장 많이 분쟁이 많았던 '사생활 침해를 받고 있는 것이다'라는 생각이 들었다.

복숭아나무를 베어 낼 것을 생각하면서 '자기의 이익을 위하여 남의 주권을 침해하는 것'이므로 어떻게 감히 그런 말을 할 수 있을까 하고 여러 날을 마음고생을 하면서 지냈다.

과일나무는 묘목을 심은 후 포물선과 같이 적정 수준의 과일이 열리는 기간이 도래하기까지 일정 기간 노동력과 시비 등의 비용만 부담하다가 손익분기점에 도달하면 이익을 안겨 주다가 나무가 늙어서 나뭇가지가 부러지고 병충해에 대한 저항력이 약해지면 수확량이 떨어져 손익분기점 아래로 떨어져서 과일나무에서 나오는 수입보다 들어가는 비용이 많아 결국 폐기처분 시기가 다가오는 것을 폐목이라고 부르는 것을 최근에 알았다.

집을 짓느라고 베어 내기도 하고 관리부실로 사실 삼십 주도 채 안 되는 복숭아나무는 중간에 과일이 잘 익다가도 나무가 늙어서 부러지고 친환경으로 키운다고 소독도 자주 해 주지 않아 저항력 부족으로 수확량이 더욱 감소하기도 하였다.

노동력과 부대비용까지 감안하면 사 먹는 것이 나을 수 있어 즉시 베어 내고 대체 농작물을 재배하는 것이 타당하나 연금 수혜자이므로 경제성을 따지지 않고 계속 재배하였다고 볼 수 있다. 사실 상호 간 전문 농사꾼이라면 장 씨의 주장도 일리 있다고 볼 수 있겠다.

마을 주막에서 동네 사람과 같이 막걸리를 마시다가 고민거리를 슬쩍 꺼냈더니 동네 분들은 마치 내용을 사전에 다 알고 있는 것처럼 "복숭아나무 아래에서 고름 나오면 다 끝난 거여"라고 말한다.

나중에 알고 보니 농부는 비가 오는 날이 곧 휴일이고 주막에 모이면 술 한잔하면서 정보를 공유하므로 동네 돌아가는 일을 손바닥 보듯 알고 있었다. 마을 사람끼리는 웬만하면 처남 매부가 되거나 사돈이 되는 등 전부 친척 간이다. 여기저기 심청 아버지 젖 얻어 먹이듯 동냥 정보로 퇴직 후 몇 년간을 관리하다 보니 나무 전지하기, 어린 복숭아 솎아 주기, 거름 주고 풀베기와 처음에는 겁도 나서 망설였던 농약 소독도 직접 하였고 봉지를 씌워야만 산까치가 쪼아 먹지 않고 빗물이 안 들어가 썩지 않고 색깔이 일정하게 나와야 상품 가치를 인정받을 수 있다는 정보도 들었다.

태풍 곤파스가 지나간 후 나뭇가지가 부러지고 과일이 떨어져 혹시나 하고 면사무소에 피해 신고하였으나 보상대상이 아니라고 담당 직원에게서 핀잔을 받았으나 몇 달 후 우연히 아내가 통장을 찍은 결과 예상치 못하였던 보상금까지 들어와서 퇴직 후 처음 큰소리친 사례도 있다.

추운 날씨가 풀리면 달려가서 일할 수 있는 일터며 친척과 사돈집, 그리고 내가 평소 신세 졌던 친구와 이웃까지 나누어 먹던 복숭아 농사를 포기하고 더군다나 동창 모임에서 복숭아 맛을 보고 아파트 주민과 동창생이 운영하는 양품점까지 나서서 복숭아를 팔아 준 사례도 있다. 처음에는 복숭아 상자를 구입하는 방법을 몰라서 딸이 살고 있는 아파트에서 수거한 복숭아 상자에 복숭아를 담아 아파트에 배달 갔다가 얼마 안 되는 복숭아인데 음성, 충주, 안성 복숭아가 다 모였다는 말까지 들은 후에야 느낀 점이 있어 아는 집 복숭아 과수원에 들러 새 복숭아 상자에 포장하는 방법을 포함하여 복숭아 재배부터 마케팅 기법까지 두루 경험하였다. 내친김에 조금 떨어져 있는 곳의 물려받은 야산에도 벌목 후 복숭아 농장을 확장할 계획을 세우기도 하였다. 한참 고민 끝에 공동소유자인 막내처남에게 사실을 말하니 도시 생활을 하던 처남의 상식으로는 도저히 이해할 수 없다고 말한다.

올해 초까지 장 씨는 아무 말이 없어 혹시 복숭아를 키울 수도 있다는 기대감이 있었으나 어느 날 농장으로 올라가다가 길가에서 술이 약간 들어간 장 씨와 마주치자 장 씨는 우리 농장에 왜 우리 농장에 농약을 안 치느냐고 말하다가 '당신은 놀러 다니지만 자기는 생존이 달린 문제'라며 평소에는 조용하던 분이 공갈 협박까지 한다. 시골 동네 분위기를 고려해서 내 주장을 하기보다는 최소한 줄여서 답변하기로 마음먹은 후 그동안 주변 친척 등 아는 사람과 복숭아 나누어 먹던 기대감이 사라지면 허전하지 않겠느냐고 답변 후 즉시 막내처남에게 전화 걸어 이웃을 위하여 복숭아나무를 부득이 제거해야 하는 이유를 설명했다. 차마 스스로 나무를 벨 수 없어 장 씨에게 나무를 베도록 허락하였다.

장 씨는 미안했던지 가을이 되면 배 몇 상자는 주겠다고 한다. 나는 허전한 마음에 조상으로부터 물려받은 나무 없는 산 구석에 복숭아나무 삼십 주와 아내가 아침에는 사과가 좋다며 아침마다 아내가 권해 주던 사과 생각도 나서 사과나무 열 주를 추가로 심었다.

그러나 그곳도 그리 만만치 않았다. 심은 지 며칠 후 산에 올라가 보니 마치 '내 허락 없이 감히 나무를 심어?' 하며 화가 난 듯 심어 놓은 과일나무마다 산돼지가 뿌리째 파헤쳐 놓았다. 뿌리가 말라 있는 것을 두 번에 걸쳐 주워서 다시 심었으나 현재 살아 있는 나무는 사과나무 두 그루를 포함하여 달랑 일곱 그루만 살아남았다.

순간적으로 금년 시산제에 참석 안 한 것이 후회되어 돼지머리를 제사상에 올리는 이유와 야외에서 식사하기 전 고수레하는 이유도 자연을 사랑하는 이유라고 생각이 들었다. 멧돼지의 영토에서 새로운 무릉도원을 만들려면 자연을 사랑하고 멧돼지와 산신령(호랑이)에게 잘 보여야 된다는 생각을 해 본다.

두더지도 살아야 하는데

　무식하게도 씨감자를 20kg이나 구입했다.

　오래된 복숭아나무를 본의 아니게 베어 내고 보니 공간이 많이 생기고 날씨도 점점 풀리다 보니 '이 넓은 밭을 무슨 작물로 채워야 할까?' 생각하던 차에 감자를 심으려고 판단하였다. 인터넷도 찾아보고 주변에 문의도 해 보고 나서 별도로 씨감자를 구하여 파종하여야 되겠다고 결정을 했다. 택배로 주문하려니 번잡하여 안성 종묘상에 들러보니 얼마 남지 않은 씨감자가 있어 욕심내어 많이 구입한 것이 나를 고달프게 만들었다.

　원칙은 베어낸 과수나무 그루터기를 포클레인으로 일일이 제거한 후 로터리 치고 잡석을 골라낸 후 완전한 밭을 만든 후 웬만한 작업은 기계로 하여야 하나 땅을 조금만 파도 자갈과 큰 바위로 채워져 있어 아예 이참에 골짜기 물가와 연계된 밭이므로 흙속에 묻혀 있는 자연석을 채취하는 것이 수월할 것이라 생각도 해 보았다.

　며칠 동안 감자 파종할 자리를 삽으로 파다 보니 손이 아프고 허리도 아프고 작업은 더딜 수밖에 없다. 땅 파는 작업만 계속하자니 운동 부족도 되고 지겨워져서 산책하다가 마 심는 작업을 하는 금광면 소재지에서 한문 학원을 운영하는 선생님을 만났다.

　"마가 어디가 좋습니까?" 하고 물으니

　"뭐라고 말할 수는 없고 미치겠네." 하며 우리와 같은 나이에는 마가 정력 증강에 좋단다. 내가 체력이 떨어져서인지 가래 및 재채기가 나오는 등

비염 증상이 있다고 말하니 자기도 약을 먹다가 한의사 말을 듣고 마를 갈아서 먹다 보니 비염 증세가 그 이튿날부터 없어졌다고 한다.

나보다 몇 년 높은 연배 되므로 공통점이 많아 농사 정보와 건강문제 등 이런저런 이야기를 나누다가 감자 구입할 때 두더지와 굼벵이, 땅강아지 같은 땅속 해충이 접근하지 못하게 하는 농약을 사용하여야 하는지 물어보았다. 한문 선생은 자기가 가꾸는 작물에는 일체의 농약을 사용하지 않는다며 사실 기형아 출산 등 여러 가지 질병의 원인이 되는 농약은 환경상 좋지 않아 '자기는 농약을 전혀 사용하지 않고' 욕심내지 않고 가족들과 나누어 먹을 양만을 재배한단다. 소출이 적고 피해가 발생하여도 친환경적인 방법으로 농사를 짓는다며 '소출이 적으면 적은 대로' 두더지도 살고 나도 살아야 하지 않느냐는 얘기다.

사실 몇 고랑은 냄새가 나고 귀찮아도 가루농약을 뿌리고 감자를 파종하였는데 마음속은 개운하지 않다. 뿌리채소가 아무래도 몸에 좋지 않은 농약을 흡수할 수밖에 없고 농약을 흡수한 감자를 먹는다는 것은 그리 기분 좋은 일은 아니다.

우리 농장에는 각종 새와 심지어 사람이 없을 때는 고라니와 산토끼까지 내려와 식사하고 간다. 일곱 그루나 되는 호두나무는 청설모의 주요 먹을거리가 되어 버렸다. 작년에는 비장의 계획을 세워 나무에 올라가지 못하게 선 라이트로 나무 둘레를 감쌌으나 처음에는 효과가 있었다. 그러나 어느 틈인가 농장을 비운 사이에 다 따먹었다. 더구나 이웃 농장인 배 과수원은 툭하면 농약을 살포하는데 농약에 못 견딘 두더지와 다른 곤충과 새까지 상대적으로 우리 농장으로 피난 와서 먹이를 찾고 삶의 터전으로 만들려고 하는 것은 자명한 사실이 아닌가? '벌과 같은 곤충이 사라지면'

인간도 사라질 수밖에 없다는 말이 실감 난다.

지렁이와 벌, 나비는 농작물에 도움을 주고 해충을 잡아먹고 사는 무당벌레 등 천적을 이용하는 친환경적 농법도 많이 이용되는 추세다. 한문 선생과 대화를 한 이후 추가로 감자 파종할 때는 농약을 사용하지 않았다.

이미 파종한 시금치며 아욱, 열무밭을 보면 두더지가 돌아다녀 작물과 같이 불끈불끈 솟아 올라와 있어 농작물을 흙과 함께 원위치로 눌러 내리기 바쁘다.

어릴 적 시골에서 삽을 들고 아침에 일찍 나와 밭에서 지켜보고 계시던 이웃 아저씨 생각이 난다.

땅을 파다가 이따금씩 나오는 큰 굼벵이는 일정한 지역으로 옮겨서 땅속에서 살게 하였다. 찌게벌레, 장수하늘소 등 애벌레는 닭 한 마리 값 이상으로 팔리던데 사육하는 법을 터득하여 손자와 조카들에게 사육하라고 주면 자연 공부에 많은 도움이 될 것으로 생각해 본다. 한문 선생 말을 듣고 마 씨도 한 됫박이나 구입하여 파종하였는데 생고생을 하였다.

아울러 귀찮게 하는 두더지 가족도 옮아 살게 하는 방법도 연구하여야 하는지? 두더지도 도움이 된다면 이 농장에서 같이 살아야 하지 않을까 생각해 본다. 두더지도 살고 사람도 사는 방법이 과연 나올 수 있는지.

고라니 우는 소리

　문명의 이기로 우리 주변에서 일어나는 수만 가지 자연의 소리나 현상을 미처 듣지 못하거나 느끼지 못한 채 무심코 스쳐 가는 경우가 너무나 많은 것 같다.

　그날도 파종한 뒤 농작물을 돌보아야 하므로 버스를 타고 밭에 갔다. 아내에게 전해 줄 애호박이며 호박잎을 적당히 챙겨 작은 배낭에 넣었다. 배낭을 둘러매고 서울 집으로 올라가려고 오후 일곱 시 마을을 나서는 시골버스를 타기 위해 바쁜 걸음으로 내려오는데 아직 초저녁임에도 불구하고 겨울을 재촉하는 계절이라 산모롱이는 벌써 어둠이 깔려 몇 미터 전방도 분간할 수 없었다.

　덕분에 난생처음 고라니 우는 소리 듣게 되었으니…….

　집을 나온 지 채 오 분도 되지 않았는데 적막한 골짜기 한가운데서 매애-애- 하고 어린애 울음소리와 비슷한 애절한 소리가 반복하여 들렸다. 그런데도 불구하고 아랫집 교수댁 진돗개가 짖지도 않고 별 기척도 없는 것을 보면 이 산골짝에서 수시로 자주 반복되는 소리일 것으로 생각하면서 발걸음을 재촉하는 도중에도 그 소리는 연달아 들리는 것이었다. 그 소리는 아마 자동차를 타지 않고 갔기에 들을 수 있는 소리였을 것이다.

　"고라니 눈빛은 참으로 순진한 어린애 같아 가만히 눈을 쳐다보노라면 불쌍해서 풀어 줄 수밖에 없습니다."

　아랫집 교수 형님과 함께 사는 노총각의 말이다. 마을 입구 2층집 김 씨 아주머니의 밭은 마을에서 조금 떨어져서 산과 들길을 옆에 두고 있는 데. 김 씨 아주머니는 나를 보자마자 대뜸, "고라니 좀 잡아 줘요."라고 말한다.

"맨손으로 어떻게 잡습니까?"

대책 없는 부탁은 답답해서 하는 말이라고는 생각하였지만 우리 밭에서도 작년에 고라니 때문에 농사를 망쳐 손해 본 것이 이만저만이 아니었다. 김 씨 아주머니가 작정하고 쳐 놓은 고라니 방책용 그물을 뚫고 들어온 고라니는 콩잎이며 고구마 등 산중에서는 도저히 맛볼 수 없는 부드러운 먹이를 잔뜩 먹어서 밭으로 들어갈 때만 해도 홀쭉하였던 배가 실컷 먹어서 부풀어진 몸통 때문에 그물망에 걸려 잘 빠져나올 수 없었다. 발버둥을 칠수록 그물망은 자꾸 조여들며 휘감기어 나중에는 꼼짝달싹 못 한 채 눈만 멀뚱멀뚱 뜨고 있는 고라니를 노총각은 여러 번에 걸쳐 풀어 주었다는 것이다.

"농작물에 피해를 주는데 왜 풀어 주나요?"

나의 반문에 노총각은 빙긋이 웃고만 있다. 작년에도 우리 농장을 수시로 방문한 고라니는 김장용 무청이며 고구마 줄기를 잘라 먹어 무청을 제대로 먹지 못하였고 이파리 뜯긴 고구마는 탄소동화작용을 못 하니 고구마 농사도 잘될 턱이 없었다.

농장에 인기척이 없을 때는 아예 농장 잡초 틈새에 자리 잡고 있다가 작업차 근처에 가면 혼비백산하여 뛰어 도망가는 일도 수없이 많았다.

야생동물 피해신고를 하면 엽사가 찾아와 처리해 준다고는 하나 굳이 신고할 생각도 하지 않았다. 올해는 동네 이장이 바닷가에서 어구로 쓰던 폐그물망을 실어와 고라니 차단용 그물로 전용하여 사용한다는 이웃 배

농장 장 씨 말을 듣고 한 다발에 만 원씩 폐그물망 네 개를 사만 원에 구매하였다.

　이장이 폐그물망을 차에서 내려놓을 때만 해도 검게 변색된 망에서 썩은 냄새와 함께 갯내음이 물씬 풍겨 왔다. 그 바람에 잠깐 일손을 도우려고 내려와 있던 친구는 '바닷가에서는 돈을 주어 가며 폐기물로 처리하던 물건을 이곳으로 실어와 이중으로 장사한다.'라는 친구의 말에 잠시 동안 폐그물망에 대해 조금 실망도 하였다. 폐그물은 고라니 침입 방지에 그런대로 쓸모가 있어 한여름에는 고라니가 고구마잎을 조금 뜯어 먹기는 하였으나 올해에 수확한 고구마는 제법 씨알이 굵고, 한창 고갱이가 차고 있는 배추와 무는 지금까지 고라니에게 피해를 보지 않은 채 잘 자라고 있다.

　하긴 100여 m 가까이 되는 폐그물을 단돈 만 원으로 구매가 가능할 수 있겠는가. 버스를 타려 발길을 재촉하는 가운데 많은 상념이 머릿속을 감돌았다. 그물에 걸린 것일까? 아니면 덫에 걸린 수고라니가 암놈을 부르는 소리일까. 아니면 암청난 암고양이와 같은 의미로 내는 소리인지. 새끼를 잃은 어미 고라니가 애타게 부르는 소리가 아닌지?

　한편 시간을 내어 고라니 우는 소리를 쫓아가서 원인 규명도 해 보고 싶었으나 일정상 꾹 참을 수밖에 없었다.

　지난번에는 진천 방향 이차선 길을 산책하다가 차에 치인 고라니를 보고 더 이상 몸통이 훼손되는 꼴을 보기가 싫어 길 밖으로 죽은 고라니를 이동시킨 일도 있었다. 머리가 복잡할 때면 가끔 이곳까지 내려와 민물고기를 잡는 등 천렵하기를 좋아하는 동창생에게 죽은 고라니와 관련된 말을 하였더니 매우 안타까운 표정으로, '그런 일이 있을 때 조용히 자기에게 연락하면 포획된 야생동물을 알아서 처리하는 친구를 부를 수 있다.'는 말도 들은 적이 있다.

애초에는 이곳 골짜기도 고라니의 영역이었으나 인간이 농사를 지으며 정착하는 바람에 고라니는 본의 아니게 이방인이 된 것이 아닐까? 육식동물인 호랑이나 늑대 등 천적이 사라지고 더구나 철책으로 분단된 한반도 남쪽으로 야생동물들이 이동할 수도 없어 마땅한 천적이 없는 고라니 식구는 계속하여 늘어날 것이다. 산속에서 거친 먹이를 먹었던 고라니가 한번 길들어진 부드러운 농작물의 유혹에서 쉽게 벗어날 수 없을 것이며 이성이 없는 짐승은 본능적으로 움직일 수밖에 없었을 것이다.

원래 팔레스타인 땅에는 팔레스타인과 유대인이 같은 민족인 셈족으로 함께 살았으나 종교로 분리된 후 유대인은 이천 년 전에 박해를 피해 전 세계로 유랑하다가 2차대전이 끝난 후 유대인은 독립국가를 만들 신념으로 옛 조상이 살았던 터전이라며 힘으로 그곳에서 조상 대대로 살아왔던 팔레스타인을 쫓아내었다.

자기들 고유의 종교와 문화, '랍비'라는 선지자의 독특한 교육방식으로 후손들을 교육해서 모든 어려움을 극복하고 팔레스타인 땅으로 돌아와 사방에 적국인 아랍국가 틈에서 자기들의 조국을 지키면서 살아가는 이스라엘 사람들 이야기가 생각난다.

자신들의 영역을 빼앗긴 채로 인간 틈새에서 어렵게 살아가는 고라니도 팔레스타인 땅에서 투쟁하면서 살아가는 팔레스타인과 무엇이 다를까?

며칠 전 뉴스에서 수단의 무기 공장을 이란 측이 운영하는 것으로 판단한 이스라엘 공군이 기습적으로 수단 내 무기 공장을 공습한 것을 수단 정부는 자기네 영공을 침공한 이스라엘을 가만두지 않겠다며 보복을 다짐하고 있다는 뉴스를 보았다. '하늘에 대고 공염불을 외치고 있는 것'을 보면서 허구로 끝날 것이라는 생각도 해 보았다.

가끔 들려오는 이란 내 핵 공장 폭발사고나 핵물리학자의 의문사는 적대국으로 둘러싸인 이스라엘의 자구책으로 보아야 할 것이다. 북한이 가지고 있는 핵은 우리에게 단·장기적으로 어떤 영향을 미칠 것인지. 핵을 보유하는 것도 나라를 지키기 위한 자위 차원일진대 전쟁을 하기 위하여 사용한다면 다 같이 자멸하는 길로 들어설 것이므로 핵 없는 세상을 생각해 본다.

텃밭 예찬

볼테르 저 『캉디드』 내용에는 농부가 땅을 열심히 가꾸는 일을 하면 권태·타락·궁핍이라는 세 가지 커다란 불행에서 멀어진다고 하였다. 18세기에 저술하였기에 당시 사람들 대부분이 농부여서 땅을 열심히 가꾸는 것으로 표현하였지만 현재와 같은 다양한 직업이 아니라도 당시의 상공업이나 영세한 자영업을 하는 사람도 같은 부류에 넣었을 것이라고 추론해 본다.

주위 사람에게 시골로 다니며 조그마한 농사인 텃밭 가꾸기를 한다고 하면 아마도 왔다 갔다 하는 비용이 더 들 것이라며 뒤따라 나오는 말 중에는 '그까짓 것 사서 먹고 말지.'라고 말하는 사람도 많다.

조선 시대 선조 대왕은 사주학에 관심이 많아 호기심의 발동으로 왕인 자신의 사주와 같은 사람을 수소문하였더니 시골 어느 구석의 촌로와 사주가 일치하여 그 사람의 직업을 알아보니 양봉을 하는 사람이었다고 한다. 굳이 사주학에서 공통점을 찾으려고 하면 삼천리강산에 하나뿐인 왕인 선조나 수만 마리의 벌들을 거느린 촌로 역시 홀로 판단 처리하는 업무적인 면에서는 같다고 하겠다.

어차피 사주학도 사람이 만든 학문이니 얼마나 근사치에 가까운지 확률로 판단하여야 하나. 텃밭 가꾸기 또한 수많은 생명체를 혼자서 좌지우지하는 면에서는 같은 맥락이 아닐까? 돈 가치만으로는 따질 수 없는 자기 나름으로 포만감과 성취감을 맛볼 수 있으니…….

돈은 현재와 같이 복잡하게 살아가는 인간에게 여러 면에서 장점을 안겨 준다. 전 세계로 물자가 오가고 있는 실정에서 옛적 살아가기 위한 기본 방편인 식료품을 비롯한 의·식·주에 필요한 자재를 화폐가치로 환산하여 시간이 지나면 부패 되고 사라지는 것을 장기적으로 안전하게 보장해 주는 저장·운송 수단까지 해소시키는 역할을 하고 있으니 대부분 사람들이 이 무한의 능력을 갖춘 돈을 벌려고 열심히 노력하는 것이다.

돈의 출현으로 옛적 아직 생각지 못한 수많은 범죄가 파생 발전하고 자신을 속이고, 마음에 없는 말을 하거나 부와 권세 가진 자에게 한없이 약해질 수밖에 없다. 이 복잡하고 어려운 세상에서 살아 나가는 일이 쉽지 않은 일이다.

돈의 발명으로 끝없이 저축할 수 있는 수단에 매료되어 죽을 때까지 아니 대대로 먹고살려는 개념으로 한없는 돈의 노예가 되어 무한한 탐욕과 부의 쏠림 현상으로 새로운 불행이 만연되고 있는 사실은 부인할 수 없을 것이다.

맹수들은 자기 배를 채우면 쓸데없는 살생을 하지 않으며 조금 사회집단이 발전된 곤충이나 일부 동물들만이 기후변화로 말미암은 생존수단으로 일정 기간의 저장 기술과 일부 개미는 진딧물사육과 나뭇잎을 이용한 버섯 재배기술까지도 있다고 한다.

'마지기'라는 개념은 지금과 같이 농기계나 화학비료를 사용하지 않고 '농부 한 명이 순전히 사람의 손발로 농사지을 수 있는 면적의 한계를 설정하는 기준'이었다고 하니 지금과 같이 농기계를 사용하여 열심히 넓은 면적을 농사지어도 먹고 살기 어렵다고 하는 것은 현대인의 아이러니라고 말할 수밖에 없다. 그런 점과 비교하면 소규모 텃밭에서 손수 자기 힘으로 농작물을 가꾸는 것은 자기 자신의 판단으로 욕심내지 않고 절기에 맞추어 씨 뿌리며 열심히 가꾸는 만큼 거짓 없이 먹거리를 해결해 준다.

　오늘도 장마를 앞둔 시점에 시골에 내려와 작년 늦가을 땅이 얼기 전에 부랴부랴 심었던 양파를 수확하여 아랫집 노총각에게도 나누어 주고 서울로 귀경 중 딸 집과 처가에 들러 양파를 나누어 주었다.

　화폐가치로 따지면 얼마 되지 않아도 자기 자신이 공들여 생산한 것을 가족과 이웃 친지와 나누어 먹을 수 있으니 정신적인 포만감이 충만하다. 정성 들인 만큼 새로운 생명체가 매일매일 다른 모습을 보여 주며 노력의 결과를 시시각각으로 반영해 주고 일하는 동안 잡념에서 해방될 수 있으니 정신과 육체적인 건강까지 챙겨 주고 있다.

나 홀로 집 짓기

혼자서 하는 일은 여러 가지 어려운 점이 많으나 계획대로만 진행되면 남다른 희열을 느낀다. 몇 년 전부터 시작하려고 고심하던 일을 농한기인 요즈음에 실천에 옮겼다. 막상 시작하고 보니 시작이 반이라고 그런대로 순조롭게 진행되고 있다.

얼마 전에 읽은 조용헌의 칼럼 「내가 살고 싶은 집」에서는 첫 번째로 황토방을 소유하는 것이고 두 번째로 손님과 대화하면서 차를 끓여 먹을 수 있는 다실. 그리고 세 번째가 툇마루가 있는 집이라 하였다.

주위환경과 여건상 땅값이 비싼 도시에서는 엄두도 낼 수 없는 호사스런 집이라 할 수 있으나 땅값이 저렴한 시골로 가면 마음먹기에 따라서 가능한 일이다. 요즈음 시골에서 건립되고 있는 집은 옛적 농업부산물이나 주변 산야에서 구할 수 있는 자연재료에 의존하지 않고 유지관리에 편하면서 단기간에 저렴한 비용으로도 지을 수 있는 외관이 깔끔한 조립식 샌드위치 판넬로 지어지는 건물이 다수이다. 결점은 가운데에 스티로폼이 들어 있어 화재에 취약하고 너무 산재하여 있다 보니 가설건물 같은 느낌이 든다.

이따금씩 괜찮게 눈에 들어오는 집은 주변 경관에 맞추어 지은 집주인의 개성이나 직업에 걸맞게 설계한 벽돌이나 콘크리트를 이용한 서양식 주택을 보기도 한다.

마을을 지나다 보면 테마용으로 지은 한옥 형태의 집이 눈에 띄고 있다.

전통적으로 지으려면 많은 비용이 들기 때문에 전통방식과 거리가 먼 지붕을 짓거나 외관은 한옥 같아 보이지만 한옥의 장점을 살리지 못하고 난방과 유지관리 비용 절감 대책의 방편으로 나무 기둥에 흙벽돌로 외벽을 마감한 건물이 대부분이다.

수년 전에 주말과 퇴직 후의 무료한 시간을 활용하기 위한 방안으로 거의 수작업으로 황토방을 하나 만들었다. 보일러를 설치하지 않고 구들장을 놓은 전통방식의 황토방이므로 난방을 하려면 땔나무를 채취하여 아궁이에 불을 지펴야 하는 수고가 깃들어야 황토방의 특징인 은은한 기와 따스함을 체감할 수 있다.

그나마 다행으로는 인접된 주변 산에서 간벌로 베어낸 나무가 많고 서울에서 내려갈 때 수집해 간 폐목으로 군불을 땔 수 있다. 나무를 하는 수고를 제외하더라도 한번 사용하려면 두어 시간이 넘도록 군불을 때어 주어야만 누워서 등줄기의 따스함을 느낄 수 있다. 작업하려고 홀로 내려갈 때는 시간 절약과 효율성을 고려하여 스위치 한번 눌러서 가능한 전기판넬 방식인 컨테이너 방을 주로 이용할 수밖에 없다.

간혹 황토방을 이용하는 경우는 손님이 방문하거나 농사일 지원 차 여러 명의 처가 식구들이 왔을 때다. 장모님이 이곳에 오실 때는 사골을 가마솥에 달이거나 메주 쑤기 그리고 간장 달이는 경우에는 부수적으로 황토방이 뜨겁게 달구어져 호사스럽게 이따금 이곳에서 눈을 붙이고 있으나 그런 경우는 방이 너무 뜨거워서 문제다.

땅이 녹기 시작하면 농심이 발동하여 봄부터 가을까지 여러 가지 농작물과 야채를 심고 가꾸면서 주변 산야의 산나물과 약재를 찾으러 산에 간다. 십 리쯤 떨어져 있는 물려받은 산으로 가면 봄철에는 두릅이나 가죽나무와 엄나무 등을 채취할 수 있고, 가을이 되면 밤을 줍기도 한다. 도시의 운동 동호회, 체력단련 모임과 문학 활동 모임까지 하다 보면 직접 집을 확장하거나 내부단장은 우선순위에서 뒤로 밀려 마음만 앞서가고 머릿속은 집수리할 일로 가득 차 있다.

모처럼 만에 농한기를 맞이하여 여유로운 시간을 활용코자 따스한 다실에서 여유롭게 차 한잔 마시는 것을 상상하며 추운 겨울에 다실을 만들려고 시작이 반이라고 착수하고 보았다. 가져다 놓은 건축물 잔재와 내가 좋아하는 자연재료를 최대한 사용하면서 부득이 할 수밖에 없는 시멘트와 물을 사용하는 공사는 추운 날씨로 작업이 더딜 수밖에 없다. 더군다나 모터가 얼어붙어 지하수를 사용할 수 없다. 다행히도 산 밑으로 흐르는 오염되지 않은 계곡물이 있어 때로는 얼음장을 깨어 가며 물을 길어 사용하였다.

빗물 유입에 대처하려면 바닥에서 일정 높이까지는 벽돌을 쌓아 주어야 하며 연속 작업으로 출입문이나 창문 세우기 작업을 하여야 한다. 퇴직 전에 성북구청 재건축차 구건물 철거 전에 눈독 들여 떼어서 보관 중인 대형 스테인리스 창문 두 개와 성북동 부잣집 구옥 철거 당시 수집해 놓은 지금은 일등목수도 제작할 수 없는 다수의 특수목조 문짝과 창문은 둘이 들어도 무거운데 몇 년간을 이곳저곳으로 옮겨 가며 보관해 왔다. 이를 보고 아내는 폐기물을 왜 그렇게 공들이냐고 말하지만 나에게는 지금은 전혀 제작할 수 없는 소중한 목조 골동품이다.

파주시 광탄면 발랑리에서 가져온 미서기문은 여닫이문보다 공간을 효율적으로 사용할 수 있어 우선 출입문으로 세워 놓았으나 막상 보안상 문제가 있다. 골동품과 같은 고급 나무문짝이므로 어느 때 진가를 발휘할 수 없어 문짝에 못을 사용하지 않고 칸막이 공사를 하려니 많은 생각을 하여야 하며 때로는 구조적인 문제까지 고려하여야 한다.

처음 시작한 것이 작년 12월 초순경이었는데 어쨌든 시간이 지나다 보니 이제는 벽을 다 만들었다. 지붕 반자는 보관 중인 가설 울타리용 파이프와 합판을 이용하여 덮었고 황토방 공사하고 남아 있던 흙벽돌과 폐적쇠(고철)를 이용하여 임시 벽난로도 만들었다. 그동안 차령산맥을 넘어오는 세찬 바람과 여름이면 달려드는 모기 때문에 야외작업을 할 수 없었으나 이제는 밤과 낮, 추위와 비바람을 피하여 작업할 수 있는 공간이 만들어지니 스스로 대견하다.

뜻이 있는 곳에 길이 있다. 지난 토요일에는 분당에서 딸로부터 생일 대접을 잘 받고 늦게나마 안성에 도착하여 버스를 갈아타기 전 여유시간에 고물상에 들렀다. 벽난로용 문짝 부속과 볼트 피스를 얻게 되었으니 고물상 주인께 감사할 뿐이다.

늦은 저녁에 도착하여 산기슭에 자생하는 갈대를 채취하여 밤 10시까지 엮었다. 이튿날에는 외관상으로는 보기 싫은 벽을 가리기 위해, 가져온 문짝에 갈대 엮은 것을 인테리어 개념으로 부착하고 아랫집 울타리 대나무 시누대까지 채취하여 모서리에 세웠더니 다실다운 정감이 살아난다.

이어서 실내 전기 작업과 반자와 벽. 바닥 마무리, 벽난로 연통을 세우는 작업을 하면 그런대로 아담한 다실이 될 것이다.

건축 전문인이 들렀다가 하던 작업을 중단 철거 후 샌드위치 판넬 마감으로 공사할 것을 종용하여 반승낙하였다가 나중에 취소 통지하고 내 나름대로 개성 있는 다실을 만들고 보니 참 잘했다는 생각이 든다.

이어서 물을 사용하지 않고도 사용할 수 있는 좌변기도 설치하여 화장실을 말끔하게 지어 놓아야 하는데 할 일은 태산 같은데 첩첩산중이다. 잘못 공사한 건물은 공사비를 더 들이면서 평생을 후회하며 살아야 하나 많은 생각 끝에 천천히 지은 건물은 그만큼 위험이 적을 것이라는 생각으로 짓고 있다. 저렴한 비용으로 또한 누구의 간섭 없이 내 개성대로 천천히 나 혼자서 할 수 있는 일이 있다는 사실에 생동감을 느끼면서 산다.

제2부

그래도 집세는
내고 살아야지

박새는 어디로 갔을까

"황토방 창가에 박새가 새끼를 여섯 마리나 알을 까고 나왔네."

텃밭에 토마토 모종을 심고 있던 나에게 함께 안성 시골로 내려와 고라니 방책 작업과 농장 주변을 정리해 주던 친구의 말이다.

친구는 '박새는 사람이 사는 집 근처에 둥지를 틀어 사람들과는 인연이 많은 새'라면서 박새는 사람과 친해져 안심이 되면 산에서 땅콩 등 견과류를 손바닥에 놓고 부르면 잽싸게 날아와 쪼아 먹는 새라며 곤줄박이로도 부른다고 말한다.

호기심에 얼른 황토방이 있는 창가로 다가가서 조심스럽게 창문을 열어보니 움직이는 소리를 듣고 세 마리가 입을 쩍 벌리며 먹이를 달라는 시늉을 하고 있다. 놀랄세라 얼른 창문을 닫고 방 안에서 보니 어미 박새는 먹이를 물고 왔다가 나의 눈과 마주치면 슬금슬금 뒷걸음을 치다가 날아가 버린다.

'덩치가 조그마한 새가 어떻게 여섯 마리씩이나 키울 수 있을까?'

새끼 박새가 독립할 정도로 커서 TV 한 장면처럼 두말하지 않고 둥지를 떠나는 모습이 그려지고 그렇게 되기까지 박새 부부의 고달픈 나날이 머릿속에 그려진다.

박새 둥지 주변에서 작업할 때면 먹이를 물고 부지런히 둥지를 오가는 박새 한 쌍을 자주 보면서 열심히 새끼를 키우는 모습을 지켜보다가 본의 아니게 가까이 다가가면 어떻게 알았는지 내 곁으로 쫓아와서 나의 일거

수일투족을 지켜보고 있다. 본의 아니게 박새로부터 감시를 당하고 있는 것이다.

다음 날은 친구가 물건을 던지면서 무엇을 쫓는 시늉을 했다. 알아보니 들고양이가 박새 둥지 가까이 다가가는 것을 본 박새 어미가 울부짖으며 들고양이 머리까지 날아와서 쪼려고 하는 것을 보고 친구가 들고양이를 멀리 쫓아 버렸단다. 친구의 말을 듣고 보니 이곳에는 농사일하러 내려오는 우리 일행 이외에도 들고양이 한 마리와 박새 새끼 여섯 마리까지 합치면 이곳에는 제법 많은 식구들이 살고 있다.

한편으로는 흐뭇한 일이긴 하나 박새에게는 들고양이가 배를 채우기 위한 천적으로 호시탐탐 박새 새끼를 잡아먹으려고 노리고 있어 박새 어미는 신경을 곤두세우고 살고 있는 것이다.

며칠 후 이곳을 찾은 문인 세 분에게 박새 둥지를 보여 주니 흥미롭게 구경하였는데 그사이 박새 새끼는 제법 자라 덩치도 어미 못지않고 등줄기에 새털도 꽤 돋아나 있다. 새끼를 건드리는 것을 본 문인은 사람 손이 타면 새끼를 죽이는 등 예기치 못한 행동을 할 수 있다고 걱정도 한다. 그 며칠 사이에 달라진 것은 박새 새끼는 전과 같이 입을 벌리지 않은 채로 죽은 척하고 조용히 있다. 어미로부터 생존교육을 받은 것일까 아니면 본능적인 행동일까?

서울에 올라와 잠시 머무르는 동안에도 박새 둥지를 처음 발견한 친구는 박새가 지금도 시골에서 잘 크고 있느냐며 마치 한 식구처럼 관심을 갖고 물어보기도 한다. 스마트폰으로 촬영한 어린 박새를 본 지인들도 이구동성으로 고양이에게 물려가지 않고 잘 크고 있느냐고 박새 안부를 물어보는 등 새로운 화젯거리가 되어 가고 있다.

지난 일요일 아내와 같이 고구마를 심으러 내려가자마자 새끼 박새의 모습이 궁금하여 황급히 황토방 창문을 열어 보니 박새 새끼는 보이지 않고 황량한 빈 둥지만 남아 있는 것을 바라보면서 마음 한구석이 공허하며 허전한 느낌이 들었다.

부화한 지 채 한 달도 안 되었는데 그동안 독립할 정도로 빨리 커서 날아간 것일까? 혹시 고양이 먹이가 되었는지? 아니면 박새 부부는 호시탐탐 넘보는 들고양이와 사람 손을 타지 않는 곳으로 부랴부랴 이주를 했을까?

박새 어미가 날아가는 방향을 쫓아가서 새 둥지를 확인하고 싶은 마음도 간절하나 어미 박새는 보이지 않으니 궁금한 마음뿐이다.

전날 하던 작업에 연이어 고구마 모종을 심는 도중에 땅을 갈아엎은 흙 냄새를 맡아서인지 박새 한 쌍이 나타나 먹이를 찾는 모습을 보고 반가운 마음을 주체할 수 없었다. 말이 통한다면 네 새끼는 잘 있느냐고 안부를 물어보고 싶은 심정이나 박새 부부의 표정은 마냥 즐겁게만 보인다.

빈 둥지 안을 살펴보니 맨 위쪽은 어미의 가슴 깃털을 빼내어서 깔아 놓은 것인지 부드럽고 고운 솜털 같은 것을 깐 것을 보면 둥지를 짓기 위한 그 많은 재료들은 어떻게 물어다가 만들었는지 박새 어미의 모성애를 느낄 것 같다.

벌써 두 번에 걸쳐 새집을 지은 것을 생각하면 새끼까지 돌보면서 어떻게 이주할 집을 지었을까? 어미 박새의 노고와 궁금한 마음이 더할 뿐이다. 분가한 새끼 박새들이 안전한 곳에 살고는 있는지. 박새 부부는 새끼들을 데리고 어떻게 이사하였을까 생각해 본다.

새삼 어린 박새가 건강하게 독립할 수 있도록 박새 가족의 행복을 빌어 본다.

멧돼지의 선물

"이 홍당무는 볕이 들지 않아 잘 크지 않는 것 같네."

오랜만에 안성 농장을 방문한 아내의 말이다. 사실 가을 홍당무 파종은 8월 초순경에 하여야 하는데 파크골프'에 푹 빠지다 보니 글 쓰는 것을 소홀히 하고 주기적으로 다가오는 문학 행사에도 마지못해 참여한 적이 많다. 그러다 보니 '신선놀음에 도끼 자루 썩는 줄 모른다.'고 농사일도 뒤로 밀리기 일쑤다.

'벼 이삭은 농부의 발소리를 들으면서 자란다.'는 말이 새삼 실감 난다. 펄 벅의 『대지』에 나오는 주인공 왕룽과 같이 퇴직 후 주업이 된 농사일을 제쳐 놓고 한눈을 팔았으니 농사가 잘될 이유가 없다.

이미 구매한 홍당무 씨앗이기에 파종 시기를 놓치면 묵은 씨앗이 되어 발아율이 떨어지므로 뒤늦게나마 생각 없이 미리 일구어 놓았던 밭 한구석에 부랴부랴 파종한 결과다.

그나마 다행인 것은 농장 남쪽에 호룡산 자락을 타고 내려오는 계곡물이 있어 아쉬울 때면 식수나 농업용수로도 요긴하게 쓸 수 있다. 장마 때면 계곡 가득 힘차게 내려오는 물소리에 잠을 설친 적도 많다.

법정 스님의『버리고 떠나기』의 한 대목이 생각난다. 스님이 서울 길상사'를 떠나 강원도 오지의 전기도 들어오지도 않는 산막으로 내려갈 때 보살한 분이 정성스럽게 담가 주었던 밑반찬인 김치 그릇을 변질되지 않는 차가운 계곡물에 보관하였다가 장마로 갑자기 불어난 물에 김치 그릇을 떠내려

보내 버린 바람에 잃어버린 김치에 대한 아쉬움을 표현한 대목이다.

남쪽의 계곡과 연결된 산자락은 하지 때는 머리 위에서 직각으로 비추던 해가 날이 갈수록 동지가 가까워질수록 남녘인 산자락에 일찍 떨어져서 한낮의 잠시 비춘 햇볕만으로는 뒤늦게 파종한 홍당무에 일조량 부족으로 잘 자라지 못하는 것은 당연지사일 것이다.

소년 시절에 읽었던 『낮과 밤이 없는 대지』 내용이 생각난다. 일본군으로 참전했던 학도병이 만주에서 소련(현재의 러시아)군의 포로가 되어 포로수용소로 가는 시베리아 횡단 열차를 타고 가다가 열차가 멈추었을 때 유일하게 먹을 수 있는 채소인 파와 홍당무는 동토에서도 추위를 이기면서 잘 자라므로 현지인들이 즐겨 먹는다는 사실도 알았다.

지난봄에는 전년도 가을에 심어 놓았던 양파가 뿌리를 잡아 따스한 봄볕에 제법 잘 자라고 있었다. 어느 날 농장에 가 보니 양파밭 여기저기를 들쑤셔 놓고 혼란스럽게 어질러 놓은 것을 보았다. 자세히 보니 멧돼지의 짓이었다. 밭 주변을 방책용 그물로 둘렀으나 어떻게 알고 들어온 것이 신기할 뿐이었다.

망연자실한 상태로 한참을 생각하다가 작년에 시험 삼아 뿌린 가을 당근이 잘 자라 주어 먹고도 남아돌아 주변의 지인들에게도 나누어 준 생각이 떠올랐다. 이미 퇴비까지 충분히 뿌려 있던 땅인지라 멧돼지가 들쑤셔 놓아 엉망이 돼 버린 양파밭을 잘 고른 다음 그 자리에 미친 놈 뜀뛰듯 대충 홍당무 씨앗을 뿌렸다. 홍당무는 효자가 되어 여름 내내 크게 자라 농장 갈 때마다 홍당무를 한 배낭 가득 수확하였다. 집에서도 먹고 남아 지인과 나누어 먹었던 재미가 아주 쏠쏠한 농사였다.

'잃어버린 땅을 안에서 되찾자.'라는 덴마크의 달가스와 같은 거창한 인

물을 새삼 들먹이지 않아도 살다 보면 예기치 않았던 좋은 일이 일어나기도 하는가 보다. 파종하여 남아도는 양파에 덤으로 홍당무까지 수확한 것은 멧돼지의 덕으로 생각해 보니 그런대로 세상은 살 만하다고 생각해 본다.

* 파크 골프: 파크 골프채 1개로 당구공만 한 공을 잔디밭에서 3~4명이 한 팀으로 구성된 남녀가 골프와 같이 대화하면서 9홀을 돌면 500m로 가족끼리도 할 수 있는 운동으로 접근성이 좋고 저렴한 비용으로 즐길 수 있는 운동임.

* 길상사: 서울 성북구 성북동에 소재한 사찰로 예전에는 요정으로 사용하던 건물을 법정 스님이 권유하여 소유자인 길상화가 기부하여 사찰로 사용하고 법정 스님이 입적하기 전에 주지 스님으로 계셨던 사찰임.

그래도 집세는 내고 살아야지

시골 오두막집은 아직 미완성이다. 상주하지도 않고 농사철이나 장을 담거나 메주 쑬 때만 이용할 뿐이다.

요즈음에는 아내가 여유가 있는지 산기슭에 지천으로 널려 있는 쑥을 뜯어 오라고 한다. 젊은 주부 중에는 묵은쌀은 버리는 사람도 있다고 하는데 아내는 가래쑥떡을 만들어 친지나 이웃과 나누어 먹기도 한다.

한적한 시골길 이차 선 지방도로에서도 수백 미터나 안으로 들어온 흰돌리 마을의 제일 높은 지역임에도 앞쪽으로 야트막한 산이 가로지르고 있어 지방도로에서는 보이지도 않는다. 집에서 바라보자면 멀리 서쪽 방향으로 길게 늘어져 있는 서운산 능선만 제외하고 호룡산 동쪽 주봉을 기준으로 온통 산으로 둘러싸인 지역이며 가까운 이웃과도 100여 m 이상씩이나 떨어져 있는 지역이다 보니 은둔하여 한낮의 고요를 즐기기엔 안성맞춤이다.

일하다 더울 때는 벌거벗은 채로 몸을 씻어도 아무 상관이 없고 걸리적거리지 않아 혼자서 자유롭게 행동하기에는 이만큼 좋은 지역이 없을 듯싶다. 오두막 뒤편에는 오염시킬 만한 시설이 없고 더군다나 개인적으로는 마음대로 개발할 수도 없는 수십만 평의 종중宗中 땅으로 둘러싸인 지역이다. 우리 땅과 경계인 산자락 틈새로 맑은 계곡물까지 흘러내리니 들짐승이나 소음에 민감한 날짐승에게는 더없이 안락한 천국과 같은 지역일 것이다.

농사일이나 집수리를 하다가 휴식을 취하는 중에 특히 봄날에는 새 소리를 듣고 여러 해 동안 관찰한 경험에 의거 새가 날아오르는 방향과 움직이는 것을 관찰하다 보면 대략 어디쯤 보금자리를 틀었는지 짐작이 간다.

이곳에는 꿩을 비롯한 여러 종류의 새들이 살고 있는데 특이하게 까만 등에 배 쪽으로 흰 깃털이 섞인 일반 까치와는 다른 노랑과 파란색이 섞인 원색으로 장식한 호화로운 깃털을 가진 산까치와 매우 동작이 민첩하면서 맵시 있는 아줌씨 같은 박새가 길고양이와 뱀, 들쥐들이 전혀 접근할 수 없는 지역을 기막히게 물색하여 안전한 장소에 둥지를 튼다.

새들은 알에서 부화한 다음 스스로 독립할 수 있는 생육 기간까지 고려한 후, 적절한 장소에 마땅한 보금자리를 선택한다. 먼저 구조용 나뭇가지를 안전하게 얽어맨 후 새끼들이 따스함과 부드러운 촉감을 느낄 수 있도록 마른 풀잎과 이끼 등을 덮고 나서 마지막으로 어미 새 자신의 부드러운 솜털을 뽑아내어 깔아 놓는다.

의자에 앉아서 산까치의 행동을 주시하다 보니 겨울철 바람막이용으로 사용하였던 천막을 말아 올려놓은 상부 마구리 지점에 산까치가 둥지를 틀었는지 암수 두 마리가 연신 먹이를 물고 들락거린다.

걱정인 것은 둥지 옆 근거리에 외등이 있어 저녁나절이면 어쩔 수 없이 등을 켜야 하는데 산까치에게는 틀림없이 숙면에 방해될 것이므로 조심스럽게 작업을 할 수밖에 없다. 문득 둥지 쪽을 바라보니 산까치 깃털 하나가 삐죽 나와 있어 깃털 하나를 둥지에 뽑아 놓은 것 아닌가 하고 사다리를 놓고 들여다보려고 시도하다 보니 둥지 안에 있던 산까치가 깜짝 놀라서 건너편 호두나무로 날아간다.

괜한 일을 했다 싶으나 이왕 벌어진 일이므로 둥지 안을 살펴보니 제법 큰 산까치 새끼 세 마리가 눈을 감은 채로 부리를 내밀고 있다. 입을 벌리지 않는 것을 보면 냄새로 직감하여 제 어미가 아닌 줄 알았는지 입 다물고 조용히 있다. 뒤뜰 장작을 쌓아 놓은 쪽에 나무로 된 휴지 상자 안에도 박새가 둥지를 틀었다.

박새의 행동을 보자면 둥지로 가기 전 인접 가지에 앉아 내 눈치를 보다가 일부러 다른 쪽을 쳐다보면 둥지로 재빨리 들어간다. 며칠 전에 구멍 뚫린 휴지통 안 박새 둥지 사진을 찍었으나 둥지는 있는데 자세히 보이지 않아서 나중에 자세히 보니 알이나 새끼가 보이지 않는다. 아마 의심이 많은 박새가 밤새 새끼를 다른 곳으로 옮겼나 보다.

이곳에는 길고양이도 자리를 잡고 있어 고기 냄새라도 나면 가까이 다가온다. 내쫓아도 마치 자기가 이 집의 주인인 양 거꾸로 왜 남의 집에 왔느냐는 투의 눈초리로 노려보기도 하며 도망가지도 않는다.

황토방 벽돌 틈새에는 화학물질이 섞인 인공재료가 없는 것을 어떻게 알았는지 호박벌이 무리 지어 황토 틈새에 구멍을 뚫어 집을 만들어서 들락거린다. 내버려두다 보니 이제는 자꾸 숫자가 늘어나서 귀찮아지기도 한다.

하긴 집주인이 드문드문 이 집을 찾으니 주객主客이 전도顚倒될 만도 하다. 작년까지는 운동에 푹 빠져서 이곳을 드문드문 찾았지만, 이제는 문턱이 빤질빤질하도록 들락거릴 것이다. 애들아, 그래도 주인 체면을 생각한다면 집세는 내야 하지 않겠니. 그렇다고 무작정 쫓아낼 수도 없고.

전원일기

상추가 다 떨어져 간다고 아내가 푸념하는 소리가 들린다. 내일 운동 경기에 참여하려면 오늘이라도 안성을 다녀와야 한다. 오전 9시경에 집을 나섰다. 신도림역에서 급행 전철을 타지 못하고 완행전철을 타고 조간신문을 보거나 핸드폰 검색과 문학지를 읽거나 간밤의 짧은 수면시간을 보충한다. 어느새 버스로 갈아탈 수 있는 평택역에 도착한다.

12시 10분경에 안성복지관에 도착 2,000원짜리 백반으로 점심을 때우고 농장 가는 13시 10분 행 버스를 타자면 시간이 조금 남았기에 도로 건너편 문인이 경영하는 미장원에서 커피 한 잔을 대접받으면서 그의 러시아 여행 사진을 감상하였다.

문인은 여행을 다녀온 여독이 지금까지 풀리지 않고 여행 갔다 돌아온 후에도 자꾸 가고 싶다는 말에 동조했다. 북극에 가까운 지방이라 밤 11시에 해가 지고 오전 3시경에 해가 뜨니 잠을 설치기 일쑤고 추운 지방이라 겨울은 길어서 밤 문화가 발전한 나라라고 설명한다. 문득 떠오르는 생각이 복지가 잘된 북유럽과 세계를 제패한 영국인의 피는 적극적인 바이킹의 피와 로마의 문화가 섞인 덕이며 러시아 왕조도 같은 맥락으로 보면 될 것이라고 한다. 모스크바의 붉은 광장 하며 상트페테르부르크의 여름 궁전을 보여 준다. 그리스정교용 건물은 금으로 칠한 것이 많다는 설명하며 푸시킨 동상을 보여 준다. 푸시킨은 외가 쪽 몇 세대의 할아버지가 에티오피아 사람이라 유전자로 인하여 피부가 검은 흑인으로 태어났다고 하며 피부색 때문에 고생 좀 하였다고 곁들여 설명한다.

나는 군 시절에 톨스토이 전집을 읽은 것과 과거의 소련(U. S. S. R.) 혁명시대를 포함한 러시아 전경이 나오는 영화인 〈닥터 지바고〉며 〈지붕 위의 바이올린〉, 소피아 로렌 주연의 〈해바라기〉를 대화의 소재로 삼았다. 러시아를 배경으로 한 〈해바라기〉 영화가 처음으로 소련 영화가 우리나라에 들어올 때 10년 동안 상영허가를 못 받았다고 한다. 영화 속 우크라이나의 끝없는 해바라기밭과 우리나라와 달리 적군묘지까지 조성한 신사도에 놀라고 러시안들의 자유롭게 축구경기를 관람하는 장면을 보고 초등학교 시절 교육받은 것과 상이한 러시아 국민의 생활상을 보며 놀란 기억이 떠오른다.

기회가 닿으면 눈발을 헤쳐 가면서 야생화가 흐드러지게 피고 하얀 자작나무 숲속을 끝없이 달리는 시베리아 횡단 기차를 타고 러시아를 여행하고 싶다.

초등학교 시절 반공교육이 생각난다. 그 시절의 소련 사람이나 북한에 진주한 노스케는 전부 빨간 도깨비와 같을 것이라고 생각하는 교육을 받았다니. 러시아 주관 2차 대전 승전 기념식을 보면서 2차 대전으로 러시아는 2,000만 명의 인명 손실이 있었다고 한다. 서부전선에서 미국을 포함한 연합군의 200만 명의 사망자와 비교한다면 미군 주도 연합군의 피해는 적은 편이다. 히틀러의 망상으로 인하여 그 결과가 이렇게 어마어마한 인명 피해를 가져왔다고 생각하니 지도자를 잘 뽑아야 한다는 생각이 든다.

농장으로 걸어 올라가는 도중에 지프가 올라와 길을 피해 주려는데 바로 인접한 땅 주인 이 선생이 차에 타라고 한다. 함께 타고 올라가는 중에 이 선생은 우리 땅과 인접된 뽕나무를 잘랐느냐고 묻는다. 부연 설명으로 나뭇가지 때문에 비닐하우스에 그늘이 진다고 말하므로 오늘 자를 것이라고 답을 하면서 마음속으로는 그래 오늘 작업 순위는 뽕나무 가지자르기가 우선이라고 생각한다.

8년 전 흰돌리 마을에 농장을 마련하면서 토착 주민과 화합하기 위해서 같이 먹은 술과 친절에 대한 보답 차 주고받은 말과 선물 그리고 농장과 인접한 이웃 주민의 요구 사항을 아무 불평 없이 다 들어 주었다.

퇴직 전에 준비할 것 중에는 귀농을 위한 중장비 자격증과 주택관리사라는 말을 듣고 왜 진작 중장비 자격증을 취득하지 않았는지 후회도 해 본다. 지금이라도 도전해야 하는데, 늦었다고 생각할 때가 가장 빠른 때라는데.

오늘 중에 귀가하려면 우선 수확물부터 챙겨야 한다. 이제 쇠락기에 접어든 토마토와 끝물인 상추를 땄다. 붉은 고추를 따다 보니 꿩과 산까치가 고추씨를 먹느라고 따먹은 고추가 수없이 나온다. 썩은 고추와 끝이 말라 버린 고추도 나온다. 아래쪽 고추 전문 재배하는 분의 말은 달린 고추의 60%만 먹어도 잘 먹는 것이라는 말이 실감된다.

그분의 고추농장에는 허수아비며 금박줄을 늘어놓아 고추밭이 휘황찬란하다. 영악한 꿩과 산까치가 과연 속아 넘어갈까?

아침나절 산책할 때 조언해 준 원장님의 말씀이 생각난다. 조류나 동물은 후각이 발달하여 냄새나는 좀약이나 파라핀 계통의 약을 놓아두면 피해를 덜 받는다고.

들길을 가로지르는 봄나들이

등산화를 신고 있는 나에게 아내는 한마디 한다. 눈 녹은 질편한 땅이 많아 흙이 묻으니 운동화를 신고 가란다. 지금의 내가 있기까지는 귀찮을 정도의 자상하고 희생적인 아내의 관심과 노력 덕분이다. 그래서 나는 아내의 잔소리를 무시할 수가 없다.

등산화를 신을 때는 나대로의 계획이 있어서다. 사월 두 번째 주 울릉도 성인봉 등정을 위하여 다리에 근육을 만들려면 하천길만 걸을 것이 아니라 산길이나 원거리 걷기를 해 줘야 한다.

오 년 전의 울릉도 관광을 하면서 화산암으로 이루어진 울릉도의 풍광은 한반도의 지세와는 전혀 다른 이국적인 느낌이 들었다. 이번에는 관광이지만 다음에는 등산코스로 울릉도를 한 바퀴 돌자고 아내와 합의한 바 있다.

지난번 상경 길에 편하게 차를 몰고 오는 것보다 산골 집에 두고 버스를 타고 나온 것은 내려올 때 나름대로 운동을 겸한 봄길을 한번 걸어 보고 싶은 충동이 발동되었기 때문이다. 여러 번 시골을 오가면서도 20여 년 전부터 오가던 중리동 산 쪽으로 발걸음을 하지 않은 이유는 사실 주변 풍광을 즐기며 봄의 상큼한 냄새를 맡으면서 들길을 거닐며 나름대로 생각을 정리하면서 마음의 여유를 갖는 방법이기 때문이다.

차를 운전할 때와 남의 차를 타고 갈 때의 주변을 보는 쾌감이 다르다. 더욱 배낭을 메고 혼자 걷는 기분, 때로는 옆으로 돌아서라도 가 보지 않은 길을 걸을 때는 가끔은 흥분되어 평소에 보거나 듣지 못하였던 들녘의 변화를 자세히 실감할 수 있기 때문이다.

시내 구종점에서 내려 몇 년째 채소 모종을 파는 장소로 가 보았으나 아직 설익은 봄인지 모종 장수가 눈에 띄지 않는다. 산 방향으로 가는 중리동 버스는 1시간여를 기다려야 한다. 시내에서 마땅한 볼일도 없어 가끔은 4~5km 남짓 되는 거리이므로 처음부터 걸어가기도 한다. 오늘은 그런대로 할 일이 있어 차선책으로 산 방향으로 근접하여 지나는 천안방면 버스를 타고 가다가 동광 아파트에서 내려 걷기 좋게 배낭 줄을 조정하고 들판을 가로질러 걸었다.

군데군데 가족과 같이 밭으로 나와 봄빛을 받으며 파종을 하는 모습이 보인다. 아마 주말농장으로 이용하는 모양이다. 이렇게 들길을 걷는 것은 운동도 되면서 농사공부도 곁눈질하며 때로는 차분히 생각도 할 수 있으니 가히 일 석 삼조다. 다수의 사람들은 삶을 위하여 어쩔 수 없이 앞만 보고 열심히 달리고 있는데 나 같은 초짜 농부는 별도의 영농 교육을 받은 것도 아니고 그렇다고 옛날 농사 경험도 많지 않으므로 그저 시골 사람에게 동냥 정보를 열심히 얻는 방법밖에 없다.

기본 농사법은 책에서 얻은 후 실습 삼아 밭에서 농사짓는 모습을 보며 왜 이 밭고랑은 이렇게 넓을까? 관찰도 하고 지금 하고 있는 작업은 어느 종자를 파종하려 하는지 확인할 수 있다.

산길을 따라 올라가다가 파이프를 타고 나온 신선한 생수를 물병에 담았다. 옹달샘 아래쪽의 물웅덩이에는 막 생산한 개구리알이 떠 있다. 고여 있는 물이 얕아 보인다. 물이 얕으면 올챙이로 부화하기 전 이곳을 들르는 각종 새에게는 먹잇감이 된다.

자세히 보니 이곳으로 공급되던 다른 줄기의 물이 진입로 쪽으로 흐르고 있다. 삽으로 물길을 바로잡고 보니 이제 안심이 된다. 웅덩이의 개구리알들이 일제히 '후유, 이제 살았다' 하며 내지르는 함성이 들리는 것 같다.

　매실 씨앗을 파종한 지 몇 년 동안 자란 매실 묘목이 눈에 띈다. 같이 붙어 있던 매실 묘목 두 그루를 작년에 관리 부실로 죽은 나무 근처로 옮겨 심었다. 나무 심는 계절이 오면 많은 나무를 식수하고 싶은 욕심이 여러 해 전부터 있었다. 그러나 여러 번 실패 후 식수하는 것도 중요하지만 가꾸는 것도 더없이 중요하다는 것을 느꼈다.

　더군다나 멀리 내다보지 않고 무작위로 식수한 나무 때문에 다 자란 것을 옮겨 심는 것은 힘들고 할 수 없이 베어 낼 때는 이중으로 힘이 든다.

　자식을 키우는 것도 이와 비슷할 것이다. 다시 기를 수도 없고. 그렇다고 손자는 내 영향력 밖이고 키울 의무가 없는 방면에 줄길 시간이 많아 더 귀엽게 보인다고 한다.

　식수 후 여러 해가 지난 매실나무 일부가 제법 실한 꽃망울을 터트리고 있고 산수유도 노란 꽃망울을 열심히 올리고 있다. 시내에서 받은 하동 방문 매실나무 전단을 보며 '아, 드디어 매실 꽃이 피고 있구나.' 하고 실감하였는데…….

　산에서 40여 분을 걸어 집 방향의 버스를 타고 봄의 안개가 피어오르는 마둔호수를 돌아 올라가다 보니 하루 동안 걸은 걸음이 족히 8km 정도는 되는 것 같다. 해는 서산에 걸렸고 땅 파는 작업을 하며 돌 고르는 작업을 욕심내어 하다 보니 다리에 힘이 빠진다.

　오늘은 작업보다 봄나들이로 봄을 만끽한 날이다. 냉이를 한 움큼 캤다. 그래, 오늘 저녁은 냉잇국이다.

염소가 노래를 해요

만남은 새로운 기회를 잉태하는가 보다. '그저 욕심내지 말고 하루에 한 가지만 하세요.'라는 아내의 말을 뒤로하고 그날은 욕심을 내어 중리동에 있는 산기슭에 있는 농장을 먼저 찾았다.

초가을 산에는 파란 밤송이가 수없이 맺혀 있으나 그중 일부가 아람이 벌어져 처음 떨어진 밤을 몇 됫박 줍기도 한다. 진입로의 잡풀을 제거하고 얼마 전에 제법 내린 비로 파헤쳐진 흙길을 보수한 후 금광면 석하리 숙소로 갈 욕심으로 오후 16시 30분경에 개산리 방향 버스에 올랐다.

더운 날의 작업 때문인지 몸 내복은 땀에 젖고 이따금 달라붙은 산모기에 몇 군데를 물려 빨리 샤워를 하고 싶었는데 갈아탈 버스가 오기 전에 마둔호수 방향으로 가는 봉고차를 얻어 탄 것은 행운이었다.

가는 도중 자신감에 찬 말투의 운전자와 대화 중 자신은 마둔호수 초입에 위치한 샘물교회 전도사로 몇 년 전에 서울 신촌에서 내려와 종교 활동을 하고 있다면서 나에게 어떤 농작물을 재배하고 있느냐고 물었다. 쑥스럽지만 뚱딴지 감자가 내가 재배하는 주요 농산물이라는 말을 들은 이 전도사는 깜짝 놀란 표정으로 그렇잖아도 포천에 사는 지인에게 뚱딴지 감자의 장점을 설명한 후 재배할 것을 권장하고 내려오는 참이라고 했다. 그 말을 듣고 '이곳에도 나와 같은 생각을 가진 분이 있다.'는 사실에 새삼 전쟁터에서 우군을 만난 것 같았다.

나의 말을 들은 이 전도사는 친절하게도 관심을 가지고 구경도 할 겸 부인을 전도관에 내려놓고 마을에서 제일 높고 2km나 떨어진 우리 농장에 데려다주는 도중의 주요 화제는 뚱딴지 감자 재배와 관련된 이야기였다. 이 전도사로부터 시험 삼아 자기가 기르고 있는 염소에게 뚱딴지 감자 줄기를 쪼개서 먹이로 주어 보니 너무나 잘 먹더라는 정보까지 들었다. 그 말을 듣고 생각해 보니 작년 가을부터 금년 봄에 걸쳐 야심차게 산 개간지에 뚱딴지 감자를 파종하였으나 울타리를 넘어온 고라니가 한참 자라고 있는 뚱딴지 감자 줄기를 잘라 먹어 계획에 차질이 생긴 것이 떠올랐다. 염소와 비슷한 초식동물이 공통적으로 뚱딴지 감자 줄기를 좋아한다는 사실을 확인하면서 원산지 남미 지역에서는 뚱딴지 감자의 잎과 줄기를 포함한 덩이뿌리까지 바이오 식물로 키우고 있다는 이야기가 생각났다.

'뚱딴지 감자의 덩이뿌리만 이용하는 것이 아니고 줄기와 잎을 사료로 이용할 수 있다니!' 평소에 차를 타고 가다 보면 주변에 사료용으로 청보리와 옥수수를 재배하는 것을 떠올리며 일부러 밭에서 사료를 재배하는데. 뚱딴지 감자의 모든 것을 이용할 수 있다는 사실을 확인한 것은 획기적인 사실이다.

이 전도사는 기계로 파종과 수확을 할 수 있는 방법을 지도하였으나 포천의 지인은 자기가 제안한 방식을 따르지 않았다고 한탄하면서 조속한 시일에 뚱딴지 감자의 가공공장도 지인과 같이 지을 것이라면서 부족할 경우 계약재배로 공급받을 것이라는 말에 그 사업에 동참할 의사를 보였다.

며칠 후 농장 가는 길에 마둔지 초입의 샘물교회에 들러 염소 사육장과 기도원에 관심을 갖고 눈에 띄는 글귀 중에는 무료로 이발과 침술 그리고 식사까지 제공한다는 내용이 눈길을 끌었다.

때마침 점심시간과 맞물려 이 전도사 부부는 이곳에서 요양 중인 어머님이라고 부르는 할머님을 불러내어 내가 가지고 온 빵과 과일을 격의 없이 나누어 먹는 모습을 보고 기독교 문화의 사랑과 적극적인 사고를 느꼈다.

염소 사육장도 둘러본 후 나의 농장인 산과 논까지 함께 둘러본 이 전도사는 논자리가 뚱딴지 감자를 재배할 적지라는 말을 조언하면서. 둘러보는 과정에 내린 비로 구두 젖은 것을 보니 미안한 마음을 금할 수 없었다.

이 전도사는 서울에서 이곳으로 내려와 자리 잡을 만하니 이곳 기도원과 교회부지가 세종시 방향의 제2경부고속도로 JC 구역으로 편입되어 할 수 없이 새로운 장소를 찾아 이전해야 된다는 고민도 털어놓는 등 격의 없는 행동이 돋보였다.

며칠 후 산에서 주운 밤 배낭을 메고 개산리에 내리니 도로 건너편에 호떡장사 차량이 영업을 하고 있어 다가가 보니 아는 체하는 여성분이 있어 자세히 보니 이 전도사의 부인이다. 이 전도사의 부인은 오늘 신자 한 분이 호떡 장사를 처음 하는데 도와주려고 나왔다면서 호떡값을 주려고 하니 한사코 거절하며 다음에 팔아 주면 된다고 말하면서 우유며 과일까지 권한다.

답례로 밤을 나누어 주고 뚱딴지 감자 이야기 끝에 대화가 옮겨졌다. 전도사 부인은 "염소에게 뚱딴지 감자 줄기를 주었더니 얼마나 좋아하는지 염소가 노래까지 해요, 글쎄."라는 말을 듣고 실소를 금할 수 없었다.

이제껏 염소의 우는 소리는 들었어도 노래까지 한다? 아기가 우는 소리만 듣고도 엄마는 아기의 의사를 파악한다는데. 염소에 대한 애정이 깊다 보니 노래하는 모습까지 파악하고 염소가 노래하는 모습을 상상하니 절로 웃음이 나온다.

무용지물인 뚱딴지 감자 줄기를 재활용 사료로 기여할 수도 있다는 생각에 이 전도사 부부에게 우리 농장의 뚱딴지 감자 줄기를 서리 오기 전에 가져가서 염소 사료로 사용하라고 제의하니 반가워한다.

기독교인은 아니지만 긍정과 적극적인 사고, 그리고 '시련도 하나님의 뜻으로 생각'하는 서구의 발전된 기독교 문화는 장점이 많은 종교임에 틀림없다고 생각하고 새로운 인연이 생긴 것에 감사한다.

바가지

불광천이 지나는 신사오거리(응암역)부터 월드컵 경기장을 지나서 불광천과 홍제천이 합류되는 한강변까지 왕복 10km 이상을 걷고 보니 다른 날보다 일찍 잠자리에 들었다.

많은 운동량 덕분인지 푹 잠을 잔 후 상쾌한 마음으로 일어나 마당으로 나와 보니 이 년 전에 만들어 놓았던 바가지 두 개와 표주박 세 개가 구석에 방치되어 있다. 시골에도 큰 바가지 두 개가 구석에 방치되어 있어 처음으로 바가지를 만들 때는 설렘이 많았지만 지금은 구석에 처박힌 바가지가 애물단지가 되었다.

어린 시절만 해도 어머니가 부엌에서 귀하게 대접하던 바가지. 들일, 밭일할 때마다 요긴하게 쓰였던 바가지. 바가지에 전라도 지역에서는 일하다 간편하게 나물과 섞어 비벼 먹던 비빔밥이 지금은 한류 문화가 되었다. 아마 비빔밥을 옛날같이 자연으로 먹으면 맛이 한결 좋을 거란 생각도 해 본다.

이웃 장 씨 배 과수원 두엄 쌓아 놓은 자리엔 박을 여러 구덩이나 심어 크는 모습을 보니, 옛날이야기의 흥부 집에 박 열린 것처럼 보여서 탐을 낼 정도로 주렁주렁 열려 있어 박 하나를 얻어야 되겠다고 생각했다. 그러던 차에 주막에서 장 씨와 술 한잔할 때 열린 박 두 개를 가져가도 좋다는 승낙을 받았다. 같이 동석하였던 마을 사람이 박 하나에 이만 원씩 한다며 옆에서 거들었던 말이 생각난다.

하긴 아내에게 박 이야기를 하니 절에서 자주 만나는 모 레미콘 사장 부인은 약간 덜 익은 박을 구입하여 나물로 만들어 먹으니 건강식품으로는 그만한 것이 없단다.

아랫집 김 교수와 박 몇 개를 따서 가운데를 톱으로 가른 후 가마솥에 넣어 끓이니 바가지 안쪽에 물을 먹은 부분은 제법 두꺼워서 연한 부분을 긁어내었는데 하얀 박속이 간장만 풀어 넣으면 그냥 먹을 수 있는 나물이 된다.

아마 옛날 배고픈 시절에는 먹어서 탈 안 나며 영양가는 적으나 배를 채우면 포만감이 많은 자연식품이 지금과 같이 너무 잘 먹어 발생하는 부자병에는 맞는 음식이 건강식품으로 바뀐 것 같다.

가마솥에서 꺼내 딱딱하게 굳은 박 안쪽을 긁어낸 후 말리니 천연바가지가 되었다. 더불어 가져온 조롱박도 같이 삶았다. 조롱박은 가르면 옹달샘의 물 떠먹는 바가지로 지나던 길손의 목을 축이는 용도로 쓰이고 통째로 사용하면 술이나 물을 넣는 호리병 역할을 하였을 것이다.

옛적 나그네가 지고 가던 괴나리봇짐에는 필수품으로 수통 대신 조롱박을 지녔다고 한다. 얼마 전 등산을 같이한 동창에게 바가지 이야기를 하니 동창은 요즘 바가지에 달마도 그려 주는 봉사활동을 하고 있다며 자기 집으로 가져오면 달마도 그려 주는 봉사를 하겠다고 한다.

옛적 어머님은 바가지를 중요하게 쓰고 깨진 바가지도 꿰매서 사용하였다는데 이제는 실내장식품이나 함 들일 때 밟아 깨트리는 행사용으로 쓰이고 있으니 아마 다음 세대에는 바가지란 말이 없어지고 더구나 사용처를 모르는 시대가 될 것 같다.

호두나무 주인의 고민

시골 과수원 주변에 십수 년쯤 되어 제법 많이 열리는 호두나무 일곱 그루가 있다. 그러나 주인은 다 익은 호두를 단 한 톨도 수확할 수가 없는 입장이다. 8월 중순이 되면 호두알맹이가 반밖에 차지도 않았는데도 청설모가 제 안방 드나들 듯 뻔뻔하게 호두나무를 넘나들며 설익은 호두를 부지런히 따내고 가까이 다가가도 도망가지도 않고 때론 빤히 쳐다보는 것이 마치 주인 같은 행동을 한다.

예전 과수원 하시던 분은 호두를 청설모로부터 도둑 맞지 않으려고 부단히 노력도 많이 했단다. 그물 친 흔적이 아직도 남아 있으니. 돌팔매질을 해도 잘 도망가지도 않고 옆 나무로 튀어 버리니…….

천안의 광덕 호두가 유명하여 관할 산림부서에 문의하니 광덕 호두도 상당한 피해를 입고 있으며 피해예방대책으로 청설모 꼬리를 가져오면 한 마리당 삼천 원씩 보상해 준다는 답변이다.

보상받으러 꼬리 몇 개 들고 가 봐야 기름값도 안 나올 것이고 내 고장 내가 지킨다는 각오로 고무줄 새총이나 석궁으로 한번 쏴 봐?

매일 보초를 설 수도 없고. 비록 백수지만 내 인건비가 얼마인데. 더구나 아내는 불자라 살생을 싫어한다.

지난주 월요일 이웃 동네 분 모시고 밤 주우러 갔다가 근처 마둔호수 주변에서 매운탕을 먹던 중 한가한 시간에 식당 주인과 대화했다. 그 내용 중 이곳에 오기 전에 곤지암에서 음식점을 차렸는데 뒷산에 오르면 잣나무가 많아 요즘엔 청설모가 잣나무에서 떨어뜨린 잣을 재빨리 쫓아가 실컷 주워 담았단다.

잣이 떨어지는 순간마다 매번 주워 담으니 나중에는 영악한 놈이 땅에 떨어트리지 않고 나무에서 잣알을 돌려 가며 빼먹고 있다는 얘기며 그 유명한 곤지암 배연정의 소머리 국밥집은 나중에 생겼고 원조는 허름한 집에서 지금껏 영업을 하고 있다는 말도 부수적으로 들었다.

동네 분 말씀이 아랫동네에 호두 한 가마 정도 열리는 큰 호두나무 한 그루가 있는데 청설모가 호두를 계속 따가므로 몰려오는 대로 족족 새총으로 잡았으나 계속 중공군 몰려오듯 하여 할 수 없이 눈물을 머금고 호두나무를 베어 버렸다나.

얼마 전 인접에 유명한 석남사 사찰에서 함석으로 치마를 두르듯 호두나무를 보호하는 것을 보았다. 청설모 발톱이 찍히지 않아 나무에 오를 수 없다는 얘기다. 그러나 꾀 많은 동물이라 옆 나무로 올라 호두나무로 뛰어내린다.

나무에 끈끈이나 구리스를 발라 봐?

한강 인도교 상판에도 자살방지용으로 구리스를 발랐다는데……. 청설모가 싫어하는 전파나 소음 발생은 어떨는지. 연구소에 용역 줄 수도 없고 우리 어릴 땐 청설모가 없었는데 도시 사람은 청설모가 귀엽다고 하는 걸 보면 외국에서 들여와 키운 것 중 탈출한 것 같다.

하여간 고향에서 농업 관련 공직에 계신 친구들은 피해대책을 알려 주시면 사례로 호두를 계속 보내 줄 것이며 농민들 애환을 풀어 주어 새로운 실적 달성으로 승진에도 도움이 될 것이라 생각해 본다.

눈 덮인 벌판을 비추는 달빛

집으로 들어오는 오솔길의 일부분만 빼곤 온통 눈 덮인 하얀 세상이다.

동지 지난 지 한 달이 지났으나 지난 지금 사방 산으로 둘러싼 적막한 산골은 어둠이 빨리 찾아온다. 일주일여 만에 이곳을 찾았다. 방문을 열어 보니 난방을 안 해서인지 떠다 놓은 페트병 물과 큰 물통의 물이 모두 얼어 있다.

혼자서 하루나 이틀을 보내려면 최소한의 물을 확보하여야 한다. 망치와 양동이로 계곡물을 떠오려고 계곡을 찾았으나 수량이 많지 않은 물은 물속까지 얼어붙은 모양이다. 망치로 얼음 몇 조각을 깨어 양동이에 담았으나 양이 많지 않아 답답하기만 하다. 가만 생각해 보니 아래 집 김 교수 댁 야외에 설치한 수도꼭지가 생각나 양동이를 들고 가서 혹시나 하고 개량 수도꼭지의 핀을 누른 다음 수도꼭지를 틀어 보니, 처음에는 흙탕물이 조금 나오다가 얼마 되지 않아 맑은 물이 콸콸 나온다.

물 한 다라이를 받아 놓고 보니 금세 마음은 부자가 된다. 이만한 양의 물이라면 하루를 지내는 데는 큰 지장이 없다. 물을 충분히 비축해 놓으려고 가만히 생각해 보니 양동이보다는 주전자가 들기가 수월하여 한참을 찾다가 세탁기 속에 넣어 놓은 것이 생각나. 추가로 큰 주전자와 작은 주전자 2개를 들고 가서 물을 떠 왔다.

서울에 갓 올라왔던 1969년 1월이 생각난다. 동대문 쪽 대동상고에 다니는 사촌 동생 자취방에서 보름 동안 더부살이 생활을 하였다. 정릉 시장

옆 비탈길에 있는 단칸방인데 아침 일찍 나오는 수돗물을 받으려고 새벽 잠을 설친 적이 있다. 당시 형편이 조금 나은 사람은 드럼통을 개조한 물장수의 수돗물을 사 먹고 나머지 사람들은 공동수도 앞에서 양동이며 물지게를 놓고 줄지어 서 있던 모습이 떠오른다.

돌아가신 법정 스님 글에, 스님이 강원도 오두막 전기도 없는 산속에 지낼 때 계곡으로 물을 길러 가서 도끼로 얼음을 깨는 내용이 나온다. 흐르는 물을 떠다 사용하면 불편하지만 다소의 노동력으로 꼭 필요한 물만 떠다 쓰면 될 것이다.

이런 산골에서 물을 적게 사용하면서 국물도 같이 먹으려면 떡국이 안성맞춤이다. 점심을 빵과 귤로 때웠기 때문에 국물이 있는 쌀로 만든 음식을 먹어 두면 알맞을 것이다. 국물이 있는 쌀로 만든 저녁을 먹은 후 가져온 신문이며 잡지를 읽다 보니 어느덧 한밤중이 되었다.

조금 심심하면 불교방송을 듣는다. 잡다한 내용이 나오면 꺼 버리고 그중 괜찮은 음악이나 김병조의 이야기쇼와 스님 말씀은 들을 만하다.

생활하는 데 다소 불편하더라도 나는 이곳이 좋다. 서울에서의 TV나 컴퓨터까지도 나를 산만하게 하고 반복되어 나오는 뉴스를 안 들을 수도 없다. 단순하게 라디오 하나 딸랑 있는 이곳이 정신집중은 잘된다. 물을 데워서 세숫대야에 발을 담그고 있다 보면 추운 겨울 어릴 적 시끌벅적한 방 안에서 발을 씻던 때가 그립다. 아버지와 어머님의 음성도 들리는 듯하다.

부모님이 다 돌아가시면 고아(애고자哀孤子)라는데, 자연수명대로 살아가는 사람은 한 번은 고아가 될 수밖에 없다. 단지 부모의 덕으로 교육받고 결혼하여 자식이 있어 외로움이 덜할 뿐이다. 사용한 물을 버리려고 늦은 밤 방문을 열고 나와서 외등을 꺼도 산기슭의 마을은 아직 환하다. 하늘을 쳐다보니 어설프게도 밝다. 따져 보니 간밤이 보름이었다. 눈 덮인 산야를 비추는 달빛은 기가 막힌다. 서글퍼지도록 하얀빛이 바랜 푸른빛이다.

겨울에도 먹을거리를 장만해 놓고 사는 인간은 걱정이 없으나, 눈 덮인 과수원에 수많은 짐승 발자국이 있는 것을 보면 이 추운 눈 덮인 겨울에 먹이를 찾아 헤맨 짐승들도 많다는 사실을 알게 된다.

농민들도 다른 때보다 더 추워진 날씨로 비닐하우스에서 재배하는 시설채소의 피해를 덜 보려고 온풍기를 가동하고 있는 모습이 애처로울 뿐이다.

얼지 않은 상태로 물이 흐르고 있는 불광천, 중랑천, 탄천에 요즘 오리가 많은 이유를 알 것 같다. 한강이 온통 꽁꽁 얼어 있고 이곳 마둔호수도 꽁꽁 얼어 호수 위는 온통 눈만 쌓여 있다. 얼마 전까지도 새카맣게 호수 위에서 놀던 그 많은 오리들은 다 어디로 날아갔을까?

이런 추운 날에도 조그만 공간이지만 따뜻하게 몸을 녹이고 의지할 수 있는 공간이 있다는 것만으로도 나에게는 큰 호사이다. 이곳 참나무 숲에서 채취한 자연산 영지버섯을 달여 먹으면서 맑은 정신으로 글을 쓰고 있다.

제3부

토종닭 저가로
키우기

토종닭 저가로 키우기

여명이 어슴푸레 밝아오는 것을 보면 절기에 따라 다르지만 일을 할 수 있는 시간임을 직감할 수 있다. 여름철에는 새벽 나절에 일을 시작하여 해가 막 뜰 때까지가 일하기 제일 좋은 때다.

자주 내려와 생활하는 산막 동측 방향 가까운 곳에는 제법 높은 산이 버티고 있고 멀리 내려다보이는 서측 면은 동쪽보다 더 높게 올려다보이는 산마루가 있다. 다른 지역과는 다르게 서쪽 산기슭 멀리서부터 햇볕이 비추는 것이 보인 후 동쪽에서 뜨는 해가 점점 높이 떠오르면서 나중에는 내가 일하는 지점까지 햇볕이 올라와서 머리 위를 비추기 시작하면 햇볕이 다가와 웬만하면 작업을 중지하지 않으면 안 된다.

엄밀히 따지자면 우리나라의 전형적인 촌락 형태인 남저低북고高인 지형이면서 겨울이면 서북풍을 막아줄 수 있는 야트막한 산으로 둘러싸인 지형이 농촌에서는 최적의 주거지라고 볼 수 있다. 그런 지형에는 오래전부터 원주민이 터를 잡아 살고 있어 넓은 지역을 단지로 개발하여 분양한 곳이 아니면 자연적으로 조성된 좋은 지형은 만나기가 쉽지 않다.

햇볕이 머리 위로 올라와 작업을 중지할 시점이면 아랫집 노총각이 개를 앞세우고 이곳으로 산책하러 올라올 시간이다. 그 시간이 되면 작업을 중지하고 아침 먹을 시간이 된다.

노총각이 식사를 안 했을 때는 아침을 노총각과 같이 하는 경우가 많고 그렇지 않으면 커피 한잔하면서 대화를 나눈다. 대화 내용은 으레 노총각이 종일 부동산 사무실에서 손님을 기다리며 무료하게 시간을 보내느라 못한 얘기와 직업 사정상 열심히 뛰고 노력하여 결과를 얻는 직업이 아니고 그날의 운에 따라 좌우되는 일이 많아서인지 주로 간밤에 꾼 꿈 이야기며 신변잡사 등을 말하곤 한다.

대화 내용 중 전날인 안성 장날에 시장에서 조금 떨어진 유휴지인 하천 부근에 토종닭이며 토끼나 집에서 키우던 개, 염소, 고양이 새끼 등을 팔러 오는 곳에 가 보니 암탉이 직접 품어 알에서 부화한 지 며칠 되지 않은 어린 병아리 여덟 마리가 딸려 있는 암탉을 사려고 몇 번이나 망설였단다. 주머니 안에서 돈만 세다가 못 사고 왔다는 말을 하므로 그러면 병아리는 어떻게 키울 것이냐고 물어보았다.

그는 암탉이 자기가 부화시킨 병아리는 모성애를 발휘하여 밤에는 날개로 병아리를 품어서 보호하고 병아리 먹이도 암탉이 알아서 병아리가 잘 먹을 수 있도록 이유식을 만들어서 키우니까 걱정할 것이 없다고 말한다.

그러나 가격이 팔만 원이나 되는 고가이므로 생각을 접었단다. 내 입장에서는 열 마리라도 당장 구매할 수 있으나 총각은 부동산 중개 수입도 시원찮으니 본인은 과외 수입을 어떻게 올릴까 하고 수없이 궁리한 결과라고 생각하니 내 머릿속에서는 한동안 노총각의 말이 지워지지 않았다.

금년에 계획만 세우다가 뒤로 미룬 일 중 하나가 닭 키우기다. 여건상 계속 이곳에 상주할 수 없고 짐승을 키우면 자유로운 행동을 할 수 없고 지금까지 짐승 한 번 잡아 보지 않았기에 동물 키우는 것을 접었으나 노총각의 말에 의하면 짐승을 못 죽이면 산 채로 팔면 된다는 말이 설득력이 있었다. 무엇보다도 아침마다 계란을 줍고 요리하는 재미도 괜찮을 것이다.

매일 관리하지 않고 자연적으로 닭을 키우는 방법을 많이 생각도 해 보고 금년 초에는 천안 광덕에서 닭과 개를 키우는 동창생 농장에 견학 간 적도 있다.

충남 청양 칠갑산에서 군 생활할 때 산에서 염소를 자연 방목하는 것을 보았는데 산에 염소우리만 만들어 놓고 낮에는 산에 방목하였다가 저녁 나절 일정한 시간에 목동이 종을 치면 염소 우리로 돌아오는 것을 본 적이 있다.

이곳 지형이 우리 땅 경계지점인 조그만 계곡만 지나면 무한대의 종중 산이 펼쳐져 있어 닭 키우기에 딱 알맞다는 생각이 들었다. 계곡 가까운 곳에 닭이 잠잘 수 있는 시설과 닭을 머무르게 하는 최소한의 먹이와 물을 떠놓고 닭이 산 쪽으로 가도록 울타리를 친 후 자연 방사시키면 저녁에는 닭우리로 돌아와서 잠잘 수 있는 시설만 해 놓으면 되겠지 하고 여러 가지 로 생각을 하였다.

처음부터 병아리를 키우면 천적인 족제비며 들고양이, 매 등이 잡아먹 을 것 같아서 중병아리를 살까. 아니면 얼마 전 홍천에서 전원생활을 하는 지인의 말에 의하면 '양계장에서 싸게 파는 폐계廢鷄를 사와 방사坊舍해 보 니 닭장에 갇혀 지내던 폐계가 흙냄새를 맡고 회춘하여 알도 잘 낳고 토종 닭같이 되어 잘 자란다는 이야기를 들려주었다. 그 말을 듣고 우선 계란을 먹는 방법은 폐계를 키우면 되겠다는 생각만 하고 실천하지 못한 채 차일 피일 미루던 참이었다.

이 어려운 노총각에게 다음에 암탉과 병아리 구매대금을 대는 조건으로 구매하라고 한 후 같이 병아리를 키우며 시행착오를 보완하면서 자연 방 사 닭 키우는 방법을 연구하다 보면 저가로 닭 키우는 방법이 나올지도 모 른다는 생각을 해 보고 미소를 지어 본다.

굼벵이

삽 한 자루로 농사를 짓는다면 아마 농사짓는 시늉이나 하겠지 하고 생각할 수 있겠지만 그래도 4~5백 평 되는 면적을 농기계 도움 없이 농사를 지으려고 농기구로 땅을 파다 보면 크고 작은 굼벵이와 지렁이가 나온다.

지렁이는 땅속의 농작물 찌꺼기나 유기물을 먹고 살며 땅속에 새로운 공간을 만들어 뿌리에게 도움을 주고 지렁이의 배설물은 농작물의 좋은 비료가 된다. 굴삭기 운전자의 말에 의하면 땅속 2m 지점까지도 지렁이가 살고 있다고 하니 놀랄 만한 사실이다.

굼벵이는 사슴벌레나 풍뎅이의 애벌레로 땅속의 작은 벌레를 잡아먹거나 농작물 뿌리나 감자, 고구마 등의 덩이줄기를 갉아 먹으며 진액을 빨아 먹어 농작물에 해를 끼치는 일이 많다. 삽으로 땅을 파다 보면 굼벵이가 자주 발견되는데 그냥 놔두자니 그렇고 발견되는 대로 족족 주워 내곤 하는데 그렇다고 경작하지 않는 고랑이나 인접 잡초밭에 버리면 결과적으로 같은 땅에 버린 것이 된다.

오염되지 않고 화학비료를 많이 사용하지 않은 땅일수록 굼벵이와 지렁이가 많을 수밖에 없고 먹이사슬에 의거 땅속의 작은 생물을 잡아먹으려고 두더지도 왕성하게 활동하게 된다.

그렇다고 농작물을 파종할 때마다 땅속 생물들을 퇴치하기 위하여 매번 농약을 살포하기도 그렇고 농약을 사용하면 일시적으로는 농작물 수확은 늘겠지만 점점 생물이 살아갈 수 없는 환경이 조성되며 유독성 농약이 농작물에도 자연히 흡수되고 그런 농작물을 인간이 먹게 된다.

지렁이나 굼벵이를 비롯한 미생물이 살지 못하는 땅은 점점 산성화되어 시간이 지날수록 화학비료에만 의존하게 되어 궁극적으로는 죽은 땅이 될 것이다. 상습적으로 농약이나 화학비료에 의존하여 논농사를 짓고 있는 이종매제에게 지렁이와 굼벵이가 많다고 하니 자기가 경작하고 있는 논에서는 지렁이와 굼벵이를 찾아볼 수 없다고 한다.

벌이 지구상에서 사라지면 얼마 안 되어 인류도 지구상에서 뒤쫓아 사라질 수밖에 없다는 환경론자의 말이 새삼 생각나기도 한다.

자급자족을 위한 자본과 인력을 얼마 들이지 않는 소규모의 영농이지만 때때로 수익성이 생각나서 새해가 되면 그동안의 영농 경험을 활용하여 경제적으로 도움이 될 만한 것이 없을까 하고 구상도 해 보지만, 마지막으로 얻은 결론은 '농작물은 농부의 발자국 소리를 들으면서 자란다.'고 한다.

수익성만 따지는 농업 경영을 하자면 농업에 대한 충분한 경험을 바탕으로 정확한 시장정보에 의거 움직여야 한다. 하지만 소규모 영농을 하자면 인건비를 조금이나마 줄이려고 당연히 자신과 배우자를 포함한 가족들의 생활습관까지 바꾸지 않으면 안 될 것이다.

지금같이 서울과 시골을 오가며 생활할 수도 없고 자연 비료 자급을 위하여 가축을 사육하여야 하며 그러자면 전 가족이 도시 생활을 접고 시골로 이주하지 않으면 안 될 것이다.

굼벵이에 대한 정보를 알아보니 여주의 한 버섯농장에서 버섯 반출 후 남긴 부산물로 굼벵이를 사육하는 내용을 보고 굼벵이를 키우면 적은 면적에서도 큰 힘 들이지 않으면서도 고수익을 얻을 것이라는 판단이 들어 우선 시험적으로 사육할 생각에 굼벵이를 수거하는 족족 용기에 넣은 후 이웃 버섯농장의 참나무 부스러기와 과일 찌꺼기 등의 부산물을 같이 넣은 후 뚜껑을 덮고 새로운 사업에 도전한다는 설렘을 갖고 나름대로의 희망에 부풀어 있었다.

굼벵이에 대한 정보 중에는 성충이 된 굼벵이를 살짝 쪄서 말린 후 분말을 만들어 먹으면 여성들의 유방암에 좋고 남성들의 정력에도 도움이 되며 판매가액은 1kg에 사십여 만원이 되는 등 고가로 판매되고 있었다. 모든 농산물이 그렇듯이 최종문제는 판로인데 우선 소량이 생산되면 가까운 지인들에게 나누어 주거나 나를 포함한 가족이 소비하며 판로는 시간을 두고 알아보려고 마음을 먹었다.

올여름은 장마가 지난 후에도 줄기차게 비가 내린 것을 생각하지 못하고 어느 날 굼벵이를 모아 놓은 용기 뚜껑을 열어 보니 용기 안에는 빗물이 고인 상태로 썩은 냄새가 나며 고인 물 위에는 죽은 상태의 굼벵이가 둥둥 떠 있는 것이 아닌가.

아뿔싸! 용기 안에 배수장치를 하여야 하는데 나의 실수로 굼벵이만 익사시킨 결과로 끝난 것이다.

창업자금이 들어가지 않아 큰 손해를 본 것은 아니지만 잠시 동안의 새로운 꿈은 산산이 부서지고 말았다.

삽으로 일일이 땅을 파면서 느낀 점이지만 흙에 모든 답이 들어 있었다. 비가 계속 내려 땅속에 물이 차면 땅속에 있던 굼벵이는 숨을 쉬기 위하여 물이 차지 않은 지표면으로 올라오는 것이다. 장마 시 하천변의 지렁이도 수없이 밖으로 기어 나와 자전거에 치이거나 비둘기의 단백질 공급원이 되는 것도 같은 이치일 것이다. 반대로 가뭄 땅이 건조하면 축축한 땅속으로 파고들고.

나름대로의 굼벵이의 생태를 파악한 후에는 수거되는 굼벵이는 밭 한쪽 두엄을 쌓아 놓은 지역에 던져 놓았다. 시간 나면 외부에서 두더지 등이 침입할 수 없게 나무판자를 땅속부터 넣어 격리시킬 것을 생각 중이다. 굼벵이 사업을 원점에서 재검토해 본다.

황토방이 호사하는 날

　오랜만에 황토방이 제구실을 하는 날이 되었다. 결론부터 말하자면 그
토록 어렵게 가로 3m, 세로 4.6m의 황토방 공사를 끝내 놓고 가마솥을 사
용할 때 가끔 사용하던 방을 농한기와 추운 날씨의 연속으로 겨울 동안 불
한 번 때지 않고 방치하던 방에 불을 지피게 되었으니.

　산골에서 장 담글 요량으로 장인, 장모님 그리고 아내와 같이 안성 산막
으로 2월의 마지막 날에 떠났다. 아내는 장 담글 날을 언제 잡나 고심하던
차였다. 그런데 며칠 전 얼어 있던 자가 수도 펌프를 수리하여 지하수가
콸콸 나오게 되어 물 걱정을 하지 않게 되어 다행이다.

　차 트렁크 안에는 메주 쑬 콩이며 시골 가는 것을 늦게 연락하여 장모님
이 경동시장에 가서서 부랴부랴 구입한 사골 뼈 등을 챙겼다. 또 도시에서
내다 버리는 폐지와 고철은 어려운 사람들이 다 가져가지만, 가재도구 등
특히 통나무로 된 나무판자가 내 시야로는 재활용재로 보여 가끔 주워다
가 우리 집 마당에 쌓아 놓은 것을 차를 이용해 시골 갈 때 싣고 가는 것이
다. 아내는 쓰레기를 주워 온다고 질겁하나, 나중 재활용을 못 해도 황토
방 아궁이에 땔감으로 사용하면 그뿐이다.

　남들은 황토방 하나 만드는 데 웬 시간이 그리 많이 걸리느냐고 반문할
지 모르지만 가능하면 내 손으로 직접 작업하려니 작업이 더딜 수밖에 없
다. 생각해 보니 방 하나 만드는 데 얼마나 긴 시간과 공이 들었는지 모른
다. 기초 공사만 해 놓고 방치한 상태에서 해가림을 위하여 텐트만 쳐 놓

고 농사지으러 다녔다.

텐트 지붕 아래에서 작업상 기본을 무시하고 덜컹 흙벽돌 쌓기 공사만 하였다가 비에 젖어 흘러내린 사연 하며 옛날에 사용하던 골동품 구들장을 구하려고 서울에서 한옥 철거 현장을 뒤지는 등 동분서주하였으나, 결국 서울에서는 구하지 못하였다.

그러다가 뜻이 있으면 길이 보인다고 같은 동네 개천가 집 앞뜰에 쌓여 있던 구들장을 보고 환호하던 일이 떠오른다. 구들장을 구매하려고 구들장 주인인 할머니와 대화해 보니 할아버지가 할머니를 위하여 아담한 황토방을 지어 주려고 읍내에서 구들장을 옮겨 왔으나 도로 옆 밭에서 일하시던 중 갑자기 달리던 차량이 밭으로 뛰어든 바람에 돌아가시어 황토방을 만들지 못하고 구들장은 그대로 쌓여 있었던 것이다.

할머님에게 매도할 것을 종용하여 가격 흥정을 하다가 막상 가져오는 날에는 약속한 가격보다 더 달라는 말에 할 수 없이 달라는 대로 다 주고 사 왔던 일, 동네에서 구들장 공사를 잘하는 어르신을 수소문하여 구들장 공사를 무사히 끝냈던 일이 떠오른다.

황토를 세 트럭분을 실어 온 후 미리 제작해 놓았던 흙벽돌 거푸집으로 시험 삼아 흙벽돌을 몇 개 찍어 보았으나 진행이 하세월이었다.

할 수 없이 황토벽돌 천장을 사다 놓고 당시에는 공직 근무 중이라서 휴일이면 무조건 내려와서 직접 조적(벽 쌓기)공사 하다가 손마디에 관절 통증이 생겨 고생하기도 했다. 남들은 흙벽돌을 절약하려고 대부분 반장 쌓기를 하나 황토방의 효과를 최대한 살릴 목적으로 길이쌓기(40cm) 두께로 벽 쌓기 공사 마감 후 천장에도 두께 20cm를 황토를 덮으려고 공법에도 없는 폐기용 돗자리며 각목과 산에서 간벌용으로 베어온 느티나무를 이용하여 내부 미장공사를 했다. 또 천장 반자에도 아랫집에서 고물상에 넘기려던 철망을 이용해서 황토 흙을 반죽하여 일일이 손으로 반죽하여 덧붙이는 것을 보고 작년에 구경 왔던 건축사 친구를 비롯한 동창들은 불가능하다고 말렸으나 천장 부분을 황토 마감하였으니 전체를 황토로 감싼 셈이다.

황토방 부뚜막에는 양은솥 한 개와 한참 동안 길들인 가마솥이 걸렸다. 장모님은 아주 본전을 빼실 양으로 콩도 삶아 내고, 다시물도 달이고 뜨거운 물도 끓이며 밤새도록 24시간 아궁이에 불을 때서 사골 뼈를 4번이나 우려내니 정말 전통방식으로 곰국을 만드는 것은 아파트에서는 도시가스로 조리한다면 시간과 비용이 많이 들어 도저히 불가능하다고 생각할 수밖에 없다.

아마 장모님은 사골을 여러 번 끓이며 우려낼 때마다 이번 것은 첫째 아들, 둘째 아들과 치료 중인 손녀, 우리 집에서 먹을 양도 계산하고 아마 맨 나중에는 당신들 것을 생각하셨을 것이다.

밤새 끓인 후 우려낸 사골 국물을 퍼낸 후 다시 끓이는 일과 장작불을 연신 지피는 것은 정성이 들어가지 않으면 도저히 불가능할 것이다.

낮에는 내가 불을 때고 땔감을 미리 조달해 왔지만……. 밤새도록 그런 일이 전개되는 사항은 잘 모르고, 아마 군불을 지피는 모양이라고만 생각하고 나는 황토방에서 너무나 뜨거운 방바닥을 피하여 이리 옮기고 저리 옮겨서 잠만 잤으니 거의 이십사 시간 동안 불을 지핀 셈이다. 나중에 아래쪽 방바닥 비닐장판을 살펴보니 장판 일부가 열 받은 구들장 때문에 새까맣게 변해 있었다. 아마 황토방이 생긴 이래 처음으로 오랫동안 불을 지핀 사례일 것이다.

황토방 달구어진 것이 아까워 하룻밤을 더 보내고 싶었으나 1박 2일 동안 작업을 끝내고 전부터 황토방에서 잠을 한번 자보려는 아랫집 김 교수에게 방이 달구어져서 하룻밤은 잘 수 있으니 이용하라고 전갈 후 오후 늦게 서울로 귀경하였다.

정말 황토방이 호사한 날이다.

고욤나무의 역할

늦가을의 새벽 공기는 차기만 한데 아침나절부터 산까치가 마치 합창하듯 떼 지어 지저귀는 소리로 아침을 깨운다. 서리 오기 전에 고구마와 토란 그리고 호박잎과 설익은 호박까지 거두어들여야 하므로 마음은 바쁘기만 하다. 앞뜰의 고욤나무에 수많은 산까치가 날아와 아마 조반을 먹거나 준비하고 있다.

자세히 보니 이놈들 하는 짓이 예사롭지가 않다. 각자 고욤 하나를 먹은 후 다른 고욤 하나씩을 물고 쪼르르 숲속으로 날아간다. 감나무에 앉은 산까치와 비교해 보니 감은 무거워서 감나무에 앉자 쪼아 먹을 수밖에 없으나 고욤은 작은 열매이므로 입에 물고 날아가기가 수월할 것이다.

계절로 보아 새끼를 키우기는 어려운 날씨인데 이놈도 월동을 준비하려고 고욤을 저장하는지 아니면 거동이 불편한 부모나 처자식을 먹여 살리려고 하는 짓일까?

잠시 고욤나무의 역할을 생각해 본다. 고욤나무는 감나무와 사촌지간으로 감나무를 접붙이는 대목으로 쓰이는 나무이므로 고욤나무 없는 감나무는 존재하기 어렵다.

아내는 고욤나무가 전망을 가려 베어 버리자고 말한 적이 있으나 어릴 적 먹을 것이 없을 때 고욤의 향수와 또 다른 쓰임새가 있을 것이라 생각하였다. 우리 뒤뜰에 있는 감나무도 작년에는 감이 가지가 째지도록 열렸는데 올해는 감이 듬성듬성 열려 이웃과 친척들과 나누어 먹기에는 부족하다. 아마 날씨 영향이 아닌가 생각해 본다.

감꽃이 만개할 때 비가 내리면 벌, 나비의 활동이 드물고 비로 인한 낙화도 무시할 수 없을 것이다. 그나마 다행인 것은 드문드문 열린 감이 산까치로 인한 손실 없이 온전히 달려 있다.

작년에는 많은 감을 산까치가 쪼아 먹어 손실이 많았다. 지금의 감이 온전한 것은 고욤나무의 역할이 크지 않았나 생각해 본다. 고욤나무 옆에 운 좋은 감나무가 있어서인지 아니면 주인을 배려하는 산까치의 일말의 양심? 순간 중요한 것은 고욤나무의 존재가 아닌가 생각해 본다.

태어난 지 몇 년 안 되어서 뭇사람들의 먹거리 용도로 몸통이 베어 내는 아픔을 겪은 후 감나무로 변신하기도 하지만 변신하지 않은 고욤나무는 근처의 감나무 열매까지 보호하는 역할을 하고 있으니……. 우리가 살아가면서 그런 일을 다반사로 겪지만 그냥 모르고 스쳐 가는 일이 얼마나 많은지 생각해 본다.

많은 사람이 참여하는 운동경기를 비롯한 백일장이나 각종 선거와 추첨 그리고 각종 시험은 들러리인 다수의 역할이나 희생, 진행요원이 없다면 소수의 기쁨은 없을 것이라고 단정해 본다. 우리는 재벌이 필요한 것을 알지만 때로는 미워하는 감정이 생긴다. 이는 다수의 소비자가 있기에 소수인 재벌에게 영광과 기쁨을 선사하고 있으나 탈세와 투기 때로는 최근의 동양 사태와 같이 뭇사람의 희생이 따르고 있으나 사회에 환원하는 역할을 소홀히 하기 때문이 아닌지? 다수의 개미군단이 존재하므로 소수의 영광이 있을 것이다.

고욤나무의 역할에 경의를 표한다. 감나무에게 몸통을 빌려주어 뭇사람의 먹을거리를 만들어 주어 뭇 생명에게 먹을거리를 제공하면서 감의 손실까지 막아 주고 있으니 말이다. 우리 사회에 그런 사람이 많아질수록 더욱 살기 좋은 세상이 될 것이라고 생각해 본다. 소수의 영광도 중요하지만 다수의 고욤나무와 같은 사람에게도 배려가 필요하다고 본다.

눈 덮인 산중에서

한적한 겨울날 산새가 지저귀는 소리도 멀리 달아난 고즈넉한 산길을 올랐다. 예전 같았으면 잔설에 사람 발자국이 종종걸음으로 찍혀 있었으나 오솔길 따라 산짐승 발자국만 찍혀 있다. 짐승 발자국은 네발이라 똑같이 왕래하여도 사람이 지나간 것보다 두 배나 많은 발자국이 찍히기 마련이다.

사람 발자국이 없는 산길에 사람의 발자국을 더하다 보니 내 발자국도 마치 멀리서 본 동양화에 덧칠한 것 같다.

옹달샘 물을 한 모금 마셔 본다. 번잡한 도시를 떠나 호젓한 산길에 눈 발자국을 더하며 신선한 물 한 모금은 더없는 호사라는 생각이 든다.

어쩔 수 없이 생업의 전선에서 자아실현도 하지 못하고 피동적으로 활동하는 사람이 얼마나 많을 것이며 그중에 긍지를 갖고 열심히 일하는 사람은 얼마나 될 것인지. 그래도 100세 인생에 늦게까지 직업이 있다는 것은 행복한 측에 속할 것이다.

퇴직 후 아침잠에서 깨면 오늘 하루 일정이 비었을 때는 매일이 새날이고 날마다 하얀 도화지에 마음껏 새 그림을 그리곤 하였는데 몇 년 지나 보니 하나둘씩 새로운 일거리와 취미, 운동 등이 내 몸속에 자리를 잡아서 여유라는 공백을 밀어 버린다.

정신적으로는 자기만족으로도 풍요롭게 살아갈 수 있을 것이라는 생각을 하나 아내로부터 가끔씩 경제와 관련된 간섭도 받기 시작한다. 하긴 그 유명한 링컨도 공처가였으며 황희 정승 또한 잔소리하는 아내와 남녀 노비의 비위까지 맞추어 가며 살지 않았던가.

지난가을 잡초 사이로 무작위로 심은 뚱딴지 감자가 싹이 트면 햇볕을 가릴 여지가 있는 나무를 하나하나 베어 냈다. 아카시아가 없으면 꿀벌 식량 조달에 문제가 있을 것이라는 생각과 버드나무 껍질은 암치료제로 요긴하게 쓰인다는데 각자 나름대로 자연에 기여하고 있는데 나의 조그마한 욕심이 생태계 파괴에 일조한 것은 아닌지 반문해 본다.

20여 년 전 장비로 이곳을 정지 작업하였을 때는 그런대로 농장다웠다. 그런데 즉흥적인 탁상공론으로 여기저기 밤나무며 느티나무, 은행나무, 산딸나무, 매실, 산수유를 심어 놓았다. 오르막길에 자연 상태로 씨가 떨어져서 묘목으로 자라고 있는 청 단풍나무도 옮겨 심었고 약재용 나무까지 심었다. 이들은 자라면서 서로 걸리적거리면서 뒤엉켜 있어 이제는 힘들여 베어 내어야 할 나무가 부지기수다.

작업 도중에 볼거리가 생겼다. 오래된 밤나무 가지가 있던 자리에 구멍이 뚫린 것을 바라보면서 나무구멍 속에는 새가 둥지를 틀고 추운 겨울을 보낼 것이라는 상상을 했다. 오래된 비닐하우스 안에는 박쥐가 몇 마리씩 거꾸로 매달려 있는 것을 종종 보았다. 요즘 들어 눈에 띄지 않고 천장반자가 인위적으로 뚫려 있는 것을 보면 반자 안에 신방이라도 차린 모양이라고 나름대로의 상상의 나래를 펴 본다.

수동으로 조용히 작업을 하다 보면 사람이 없는 줄 알고 고라니 한 쌍이 지척인 눈앞에서 껑쭝껑쭝 뛰어 내려오다 인기척을 느꼈는지 다시 산 위로 올라가는 모습을 바라보자니 고라니 부부의 모습이 새삼 정겹게 보인다.

이런 모습을 볼 수 있어 눈 덮인 겨울을 그런대로 감상할 만하다. 가스레인지를 제쳐두고 마른나무에 불을 붙이고 타는 소리를 들으면서 라면 끓여 먹는 재미도 그런대로 괜찮은 것을 보면 어느새 나는 자연인으로 다시 돌아왔다.

자연에 대한 순응과 극복

최근 들어 다른 나라보다 비교적 국토 면적이 넓지도 않은 우리나라에서도 자주 기상 이변이 발생하고 있다.

2010년 9, 10월 두 달 동안 며칠을 제외하고 계속 비가 내렸다. 금년 유월부터는 기상관측 이래 몇십 년 만의 열대야라는 등 가뭄 타는 날이 많아 채소 값이 급등하고 농장에 심어 놓았던 마늘과 감자, 채소에 물을 계속 주지 않으면 말라 죽고 수확량도 많이 줄었다. 2011년 겨울 영동지방에는 계속되는 폭설로 건물의 처마까지 눈이 쌓이고 부산과 제주도에는 그전에는 잘 내리지 않던 눈이 내리는 등 영하의 날씨가 이어졌으며, 여름철 동해의 수온도 올라 예년보다 300km까지 북상하여 명태와 오징어 등의 수확이 급감하였다.

지하수용 펌프를 수리하러 가서 들은 기술자의 말에 의하면 굴착기로 땅을 파 보니 지하 1m 50cm까지도 지표면이 얼어 있었다는(* 서울 지역 동결 깊이 80cm) 말도 들었다. 작년 과일나무 꽃이 만개하였을 때는 지난해와 달리 꽃샘추위에 만개하였던 꽃과 꽃가루받이를 하던 벌들까지 얼어 죽어 과일 수확이 줄었으며 가을에는 다른 해와 달리 갑작스런 냉해로 콩과 같은 곡식과 한창 출하를 앞둔 채소까지 피해를 입었다. 이 모든 자연현상 하나하나가 우리가 살아가는 방편인 의식주衣食住와 관련되지 않는 것이 하나도 없다. 강한 추위가 오래가면 주거와 채소 재배, 축사 등 난방을 위한 에너지가 더 필요하게 되고 우기가 오래 지속되면 일조 부족 때문에 과일의 당도 감소, 배수 불량으로 인한 채소의 수확량 감소 때문에 가계에 많은 지장을 줄 수밖에 없다. 자연의 변화에 맞추어 의식주衣食住의 기준도 바꿀 수밖에 없다.

여름철에 방수防水를 필요로 하는 옷과 신발, 겨울에는 더욱 완벽한 방한복이 필요할 것이며 불규칙한 기후로 말미암아 곡물과 채소의 생산비 증가 일조량日照量 부족 때문에 비타민 디의 결핍, 더욱 추워진 날씨로 심근경색 등 심혈관질환 환자가 증가할 것이다. 울릉도, 영동지방에는 적설량 증가로(* 울릉도 최대 2m, 적설 1㎡당 적재하중 300kg) 더욱 튼튼한 건축을 위하여 보강 공사를 하여야 하며 많은 우수를 즉시 배출할 수 있게 하수시설을 키워야 한다. 경사면에 대한 산사태 등의 위험에서 벗어날 수 있는 대책이 필요하고 건축물의 에너지를 적게 사용할 수 있는 제로에너지 시설이 필요할 것이다.

환경과 관련 상수원과 바다의 녹조 및 적조현상은 우리 생활을 갈수록 어렵게 만들어 식수 공급과 생선과 같은 수산물 공급도 어렵게 만드는 것이 현실이다.

해안가는 바닷물 수위상승으로 도로와 지반침식, 예고되지 않은 폭풍과 쓰나미 현상과 같은 자연재해, 보다 나은 생활을 위하여 생산비가 적게 든다고 생각하였던 원자력마저 관리가 부실하면 크나큰 재해를 일으키는 것을 인접국에서 심심치 않게 발생하여 목격하고 있다.

지금도 창밖에는 태풍이 수도권을 지나고 있어 우리 집 마당의 마로니에 나무와 길 건너 공동주택의 담쟁이 이파리가 심하게 흔들려 물결치고 있다. 첨단을 걷고 있다는 우리의 과학도 이러한 거대한 자연의 재해에는 속수무책이다. TV에서 태풍으로 인한 안전사고와 관련 인명피해 발생 소식과 비닐하우스와 각종 시설물 파손, 과일 등 농작물 피해로 수확을 앞둔 농민들에게 큰 손해를 안겨 주는 소식을 전하고 있다.

오늘 안성농장에 내려가려다 태풍으로 뒤로 미루었으나 농장에 내려가 보면 고추를 비롯한 농산물에 큰 피해가 발생하였을 것이다. 아마 인류가 살아 있는 한 자연과의 싸움은 계속될 것이며, 자연에 순응하거나 자연을 극복해 나가야 할 것이다.

미로迷路

　안성 금광면 석하리 호룡산 골짜기에 햇볕이 들려면 마주 보이는 서녘 서운산 줄기 윗줄부터 햇볕이 기어들어 오면서 점차 아랫녘으로 볕이 확산하여 내려오는 것이 보이면 비로소 우리 농장에도 햇살이 비친다.

　아래 둔덕의 김장용 배추며 무는 비를 맞아 본 지 여러 날이 되다 보니 밭두둑은 점점 딱딱하게 굳어 가고 있다. 친환경으로 기른답시고 농약과 비료를 주지 않아도 그나마 너르게 퍼진 배춧잎에는 군데군데 벌레가 먹어 빵 뚫린 구멍이 점점 늘어나고 있다. 옆자리에 꿩이 보금자리를 뜬 흔적을 보면 이곳이 꿩에게는 편안한 자리인가 보다. 하긴 풍수사에 의하면 꿩이 보금자리를 뜬 지점이 명당자리라는 말도 있다. 어쩌면 지척에 배추 갉아 먹는 벌레가 수없이 많으니 꿩에게는 문전옥답이 따로 없을 것이다.

　농약을 뿌리려다가 그래도 천적이라는 무당벌레와 이럴 땐 파종한 씨앗과 새싹까지도 잘라먹는 꿩까지도 우군이라는 핑계로 농약 주는 것을 생략하기로 하였다.

　그러나 여러 날에 걸친 가뭄으로 배추에는 필수인 물을 공급하여야 한다는 생각에 지난번 고구마밭에 물을 주다가 내버려두었던 100여 m나 되는 고무호스 끝자락을 찾으려고 하였다. 그러나 지난 작업 때 잘 말아 두지 않고 엉겨 있던 채로 고구마밭에 그대로 내버려 두었기 때문에 미로 같은 고무호스 끝 지점을 쉽게 찾을 수가 없었다. 할 수 없이 물을 틀어 놓고 물 나오는 지점이나 물에 젖은 곳을 찾으려고 고구마밭을 헤쳐 나갔으나 엉뚱한 고구마잎과 줄기만 밟아 놓고 땀만 뻘뻘 흘리다가 물 주는 것을 포기하고 돌아왔다.

아내에게서 자주 듣는 잔소리 중 하나가 일만 벌여 놓고 정리 정돈을 안 한다는 것이다. 일 잘하는 목수가 연장을 잘 정리 정돈하여야 하는 것과 마찬가지로 농부는 농기계를 잘 간수하여야 하는 것을 이제야 실감하는 것 같다.

그동안 살아온 날을 곰곰이 생각해 보면 많은 잘못과 시행착오, 그리고 미로를 헤매 왔는지 모른다. 종교 있는 사람은 매일매일 회개도 한다지만……

머리 나쁜 사람은 수족을 고달프게 하고, 천재 하나가 일만 명을 먹여 살린다고 한다. 머리 나쁘면서 부지런한 사람이 지도자가 되면 나랏일까지 엉망으로 만들며 수많은 사람을 불행하게 만든다는 말도 있다.

자연의 순환기와 앞뜰 텃밭 넘어 서운산 자락에 먼저 햇볕이 드는 것은 언젠가 이 땅의 주인이 바뀌는 것과 같이 자명한 사실이고 아무리 많은 땅을 부동산을 많이 소유하였다고 자랑하는 사람도 자연으로부터 잠시 빌려 쓰다 간다고 한다.

일시적인 실적과 욕심 때문에 미로를 헤매면서 눈가림과 지름길로 오려는 짧은 생각이 지나고 나면 되돌릴 수 없는 큰 잘못으로 남는다. 나이 40이면 불혹不惑이며 성명학상 좋은 이름도 40을 넘어야 이름값을 한다는 말은 '신용이나 정직, 사람 됨됨이와 같은 그전 삶의 행적이 여러 사람의 머리에 각인刻印되어 이름만 듣고도 그 사람을 판별할 수 있다.'는 뜻이라고 생각하며 그 이후의 삶까지 그대로 이어진다고 보아야 할 것이다.

인생 100세 시대가 도래하였다고 하지만 이제 건강한 육체와 정신연령까지 고려하여도 사람과의 교류는 앞으로 10~20년에 불과할 것이라는 생각을 해 본다. 남은 기간이나마 미로를 헤매거나 쓸데없는 망상으로 이름을 더럽히지 않으려면 현명한 자아 성찰이 필요할 것이라는 생각을 해 본다.

산수국을 보면서

안성농장 장독대 옆에는 이제 막 꽃잎을 열려고 하는 함초롬한 산수국이 서 있다. 간밤의 빗줄기로 더욱 생기가 넘쳐나는 것을 보니 수일 내로 수수한 꽃망울을 터트릴 것이다. 야생화를 바라보노라면 때 묻지 않은 산속 소녀나 열심히 일하는 중년여성의 민얼굴을 보는 것 같다.

매년 부처님 오신 날이 되면 어릴 적 어머님 손에 이끌려 십오 리나 되는 배암사나 근처 작은 사찰을 찾곤 하였는데 마치 하얀 사발을 엎어 놓은 듯한 한 덩어리로 무리 저 피는 꽃(고향에서는 사발꽃)이었는데 나중에 불두화나 수국이라는 이름으로 불리는 것을 알았다. 자세히 보자면 올망졸망한 작은 꽃들이 모여 하나의 큰 덩어리꽃으로 이루어져 있어 하얀 색깔로 이루어진 군집의 향연을 보는 것 같다.

산수국을 기증하신 분이 떠오른다. 마을에서 통칭 한문 선생으로 불리는 분인데 면 소재지에서 한문 학원을 운영하시며 동네에서 휜돌리 마을 한옥펜션 사업을 시작하면서 맨 처음 한옥으로 개축하셨다. 방문하는 초등학생들을 대상으로 한자 교육의 일환으로 동네 집집마다 한자 현판을 장식하거나 길가에 한문 팻말을 세워, 걸어가면서 자연스럽게 한자를 자연스럽게 익힐 수 있도록 마을 발전에 기여를 많이 한 분이다.

큰길로 이어지는 오솔길을 따라 내려가다 보면 한문 선생이 직접 가꾸는 텃밭 곁을 지나면서 선생과 인사를 나누다가 이런저런 농사 정보나 세상 사는 이야기를 나누기도 하였다. 그런데 작년에 한문 학원이 부도가 나면서 자택을 비롯한 부동산이 경매에 붙여져 더 이상 한문 선생의 얼굴을 볼 수 없고 텃밭 주인도 젊은 사람으로 바뀌더니 나중에는 시골 마을의 특성상 어쩔 수 없이 마을을 떠났다는 말까지 들린다.

마지막으로 나눈 대화는 자신은 학원 운영만 하고 여러 선생을 두어 선생을 읍내로 파견까지 하면서 학원을 확장 운영하고 있다는 말이 생각나 나름대로 분에 넘친 운영이 화근이 되지 않았나 생각해 보았다. 아랫집 부동산중개사인 노총각은 한문 선생 이야기만 나오면 화를 내면서 흥분된 목소리로 성토한다.

사연인즉슨 자기가 기르던 진돗개를 풀어 놓았다고 쥐약을 놓아 죽게 만든 장본인이라는 이야기다. 한문에는 너무나 많은 가르침이 있는데 인간의 품성을 한 사람의 말만 듣고 판단할 수는 없지만 산수국 한 주를 기증한 분에 대한 품성이 그 말을 들은 다음부터 조금이나마 희석되는 것은 어쩔 수 없는 사실이다. 작았던 산수국 묘목이 이제는 장독대 옆에 제대로 자리 잡아 활짝 피어 집주변을 더욱 풍만하게 장식할 것이다.

산수국을 보면서 과욕과 분수의 의미를 되새겨 본다.

멧돼지의 잔반殘飯

올해는 작년보다 더 많은 고구마를 생산하려고 나름대로 야심 찬 계획을 세웠다. 텃밭과 농장 중간 정도 크기로 농기계로 경작하기에는 작은 면적이나 그렇다고 오로지 혼자서 가꾸자니 진행이 더디고 실적이 적을 수밖에 없다.

짧은 봄날의 틈새 시간을 이용하여 농사를 지을 수밖에 없는데 그런데도 물을 줘 가며 검은 비닐로 둔덕을 덮으며 10단의 고구마를 심었다. 고구마가 뿌리를 잡아가면서 줄기가 예쁘게 뻗어 나가는 것을 흡족한 마음으로 바라보면서 반농사는 지었기에 가을날 풍성한 수확을 기대하였다.

6월 초 며칠 만에 농장을 방문해 보니 여기저기에 고구마 넝쿨이 들쑤셔져 있는 것을 보고 아연실색하였다. 분명 멧돼지의 짓으로 단정하였다. 농장에 상주하지 않다 보니 그 틈새에 횡포를 부린 것이다. 모든 식물이 약동하는 초여름이므로 굳이 농장에 들어오지 않아도 먹을거리가 많이 널려 있는데, 멧돼지의 횡포가 마냥 밉기만 하였다.

차를 몰고 나오다 보니 '조수鳥獸 피해 신고하라'는 현수막이 보이므로 금강 면사무소에 피해 신고한 결과 피해면적이 400㎡ 이상이 되어야 보상을 받을 수 있고 적은 피해는 수렵사만 파견한다는 말에 보상받을 대상이 아니라는 것을 알았다.

며칠 후 농장에 들러 보니 망연자실할 수밖에 없었다. 분산하여 네 구역에 고구마를 심었는데 어떻게 알고 고구마밭만 찾아다니며 밭 전체를 들쑤셔 놓고 아기 손같이 마냥 예쁜 고구마 순을 통째로 다 거덜 내 놓았다. 그런 고구마밭을 바라보니 자연피해를 입을 때면 뉴스에 자주 나오는 망연자실한 농부의 심정을 이제야 이해할 수 있었다.

면사무소에 신고하니 담당자가 방문하여 피해 부분에 대한 사진 촬영과 면적까지 확인한다. 보상 절차를 물어보니 시청에 보고하면 환경과에서 확인차 방문하니 피해 부분에 다른 작물을 심으면 보상이 반으로 줄어든다는 말에 폐허로 변한 고구마밭을 그대로 내버려둘 수밖에 없었다.

지금 생각하니 즉시 적당히 두둑을 만들고 가능한 원상복구 하였다면 지금과 같이 마음이 허탈하지는 않았을 것이다. 왕성한 고구마의 생존본능은 파헤쳐지고 울퉁불퉁한 지역까지 고구마 순으로 모두 덮어 버리니 겉으로 보기에는 다 복구된 것 같았다. 그러나 수확하려고 땅을 파보니 손가락 크기의 작은 고구마만 나올 뿐이다. 수확을 포기하자니 아깝고 먹으려니 힘들고 고구마밭은 계륵鷄肋이 되었다.

그래도 남아 있는 고구마 줄기라도 먹고 친구들에게 인심 쓸 겸 줄기나마 채취하여 아내에게 가져다주니 아내는 동네 아주머니들이 모이는 곳에 던져 주고 먹을 양만 조금 가져왔다.

고구마 줄기의 껍질을 벗기다 보면 왜 이런 잔일까지 하여야만 하나 하고 생각을 해 본다. 한편 한식은 수고를 많이 하여야만 먹을 수 있다는 아내의 말이 새삼 떠오른다.

지금까지 받아먹었던 우리 고유의 반찬이 어머니와 아내를 비롯한 수많은 여성의 손끝과 정성으로 만든 음식임을 깨달았다.

미국이나 유럽에서는 드넓은 평원에서 기계로 농작물을 대량생산하고 있는데 우리 조상들은 국토 대부분이 산악지대인 이 조그마한 땅에서 시

시각각으로 변하는 날씨에 적응하면서 먹거리를 갈무리하느라 얼마나 고생을 하였을까.

　피해보상을 받아도 수확의 기쁨을 누리지 못하는 마음은 마냥 허탈하기만 하다. 선진국에서는 범죄로 인한 피해보상 제도가 있다고 한다. 예방이 최선의 방법인데 사전예방을 하지 못한 보상 차원인 것 같다.

　조수에 의한 피해보상 규정을 올해에 처음 적용한다는 환경과 직원의 말을 듣고 보니 우리나라도 선진국의 문턱에 들어선 모양이다. 멧돼지가 남겨 둔 소량의 자잘한 고구마 먹을 때 멧돼지의 잔반殘飯을 얻어먹는 기분이다.

제4부

뜸부기 모녀의
운명

돼지감자 이야기

뚱딴지 감자, 일명 돼지감자라고도 부른다.

잎사귀와 꽃을 보다가 캐어 보면 꽃과 잎은 흡사 해바라기와 비슷한데 뚱딴지같이 뿌리에는 많은 덩이뿌리가 달려 있어 붙인 명칭인가 보다. 대부분의 감자는 남아메리카의 칠레나 페루가 원산지이므로 뚱딴지 감자도 남미가 고향이며 뿌리와 잎과 줄기를 포함하여 모두 바이오 식물로도 쓰인다고 한다.

예전에는 울타리 아래나 둑방 등 채소나 곡식 등을 재배할 수 없는 곳에서만 존치하던 천대받던 식물이었으나 칼로리가 많지 않고 인슐린 성분이 있어 자연스레 건강식품이 되었다. 지금은 밭으로 존치하고 있지만 없어진 집터와 울타리 아래나 둑방에 자연스럽게 자라던 뚱딴지 감자를 캐어 주로 밭 언저리 잡풀 사이에 파종하고부터 나와 인연이 생겼다.

동네 사람들은 내가 뚱딴지 감자를 재배하니 이상한 사람으로 취급하나 나에게는 주요 농산물이다. 한번 파종하면 얼어 죽지도 않아 재차 파종할 필요가 없으니 게으른 농사꾼이 재배하기 좋은 작물이다.

더군다나 집 짓고 남은 400여 평 밭 언저리 여러 곳에 뚱딴지 감자를 파종하고 서리 온 후에 캐어 보니 몇 kg의 뚱딴지 감자가 달려 있다. 계속 변두리 밭 잡초 사이에 늘려 파종하였더니 잡초를 죽이고 이젠 밭의 절반이 뚱딴지 감자로 채워질 정도로 생명력이 왕성하고 끈질긴 식물이다. 아마 어렸을 적에는 문전옥답이나 제대로 모양새 있는 밭에는 돈이 될 만한 곡식과 시장에 내다 팔 채소 등을 생산할 수 있는 땅 등은 생계와 관련된 식물을 먼저 파종하다 보니 경작할 수 없는 울타리 아래나 둑방에서 끈질기게 잡초와 같이 살아남은 식물일 것이다.

뚱딴지 감자는 칼로리가 별로 없는 식물이라서 살찌게 하는 식품이 아니므로 입이 궁금할 때 주전부리로 먹어도 좋다. 또한 인슐린 성분이 있어 당뇨를 치료할 수 있는 좋은 식물이다. 실제로 경기도 안성문인회장이 뚱딴지 감자를 먹고 당뇨를 완치하였다는 수기를 읽은 적이 있다. 2차 대전 시 러시아 사람들은 독일군에 쫓기어 시베리아 벌판에서 먹고살 것이 없어서 어쩔 수 없이 눈밭을 헤쳐 자연산 뚱딴지 감자를 먹고 기아를 해결하였다고도 한다.

예전에는 밭으로 이용하였으나 지금은 잡초와 잡나무로 탈바꿈한 산에도 뚱딴지 감자를 파종하였다. 뚱딴지 감자는 한번 파종하면 서리 내린 다음 수확을 하고 이른 봄 땅거죽이 녹아 싹이 나기 전 2번을 수확하며 굵은 것만 수확하면 얼어 죽지도 않아 자연스럽게 파종하는 효과가 있으므로 파종할 필요가 없다. 겨울이 되기 전에 수확한 것은 약간 풀 내음이 나는 것에 비하면 겨울을 넘긴 뚱딴지 감자는 아삭한 맛이 나서 날로 먹어도 먹을 만하다. 한번 파종하면 그뿐이므로 종자에 들어가는 비용과 노동력이 줄어들어 가꾸기 좋은 식물이다.

그러나 뚱딴지 감자에도 천적이 있다. 밭에 파종한 뚱딴지 감자는 가끔씩 내려오는 멧돼지로부터 안전하지 않아 밭 주변에 그물을 둘렀으나 가끔씩 피해를 입기도 하며 산에도 그물을 쳤으나 어떻게 넘어왔는지 고라니가 싹을 잘라 먹기도 한다. 칡넝쿨도 끈질기게 줄기를 감싸 자라지 못하게 한다. 지금은 시골에 몇천 평의 임야가 있어 종자를 계속 확대 파종하는 등 파종 면적을 늘려 가고 있다. 판매할 입장이 아니고 일부 지인에게 거저 주기도 한다. 경상도 영주, 전라도 완주와 평택 등, 그 외 여러 곳에서 자라고 있다. 한 뿌리에서도 많은 수확을 하고 있다고 인사를 받기도 하고 상황에 따라서 판매하기도 한다. 뚱딴지 감자는 수입 생강과 같이 요철 부분이 많아 흙을 씻어 내기가 번거로운 단점이 있다. 그러나 흙을 씻어낸 다음 썰어 말려서 뻥튀기해서 먹으면 마치 스낵 과자 같기도 하여 먹기도 좋고 오래 보관할 수 있다. 단기간 보관하려면 습도를 계속 유지하여야 하므로 흙 속에 보관하는 것이 제일 좋다. 얼마 전 지인으로부터 뻥튀기한 뚱딴지 감자를 주문받아 건네주었더니 신토불이身土不二라면서 이렇게 가공된 뚱딴지 감자라면 얼마든지 팔아 주겠다는 말을 들었다. 노상에서 말려서 판매하고 있는 것은 방부제가 석인 중국제가 많다고 말하면서.

며칠 전 공군회관 건너편 상가에서 점심 먹고 나오다가 스낵으로 포장한 것을 150g당 만 원에 판매하는 것을 보았다. 중국에서 제조한 것은 아닌지 의심된다. 벌써 대량생산 후 판매하고 있으니……. TV에서 뚱딴지 감자 줄기로 장아찌 담는 것을 보았다. 꽃은 말려서 차로 끓여 먹어도 좋을 것이며 서리 온 후에 줄기를 채취하여 염소 사료로 사용하는 것을 보았다.

조만간 가공할 정도의 뚱딴지 감자를 대량 수확하여 판매할 생각을 해 보며 대량생산을 하려면 트랙터와 같은 장비로 파종 및 수확할 수 있도록 밭이랑을 일정하게 만들어야 하는 등 기계화해야 한다. 그래도 뚱딴지 감자를 생산하고 계절과 상관없이 마케팅할 희망과 부산물을 재활용하여 염소도 사육할 생각도 해 보기도 한다.

꿈이 없는 사람은 살아 있는 것이 아니라는 말이 생각난다. 체력 다할 때까지 연구 노력하여 건강식품을 잘 가꾸어 대량생산 및 판매할 꿈을 꾸어 보기도 한다.

뜸부기 모녀의 운명

아침나절 불광천에서 운동하다가 많은 사람이 개천 쪽을 바라보고 있어 가까이 다가가서 보니 청둥오리 어미가 갓 태어난 새끼 오리와 함께 교육에 나섰는지 흐뭇한 표정으로 부지런히 어미가 앞에서 헤엄치고 새끼 오리는 연신 어미 행동에 따라 쪼는 시늉을 하며 따라간다.

조류인플루엔자와 관련 하천의 많은 오리들이 살처분을 당했는데 용케 살아남아 노는 모습이 귀엽다.

네 살배기 외손녀가 열심히 유아원을 다니는 모습을 보면 마냥 귀엽다(돈 주고 자랑하라는데). 젊은 시절 우리 아이가 자랄 때는 바쁘게 살다 보니 미처 자식들이 자라는 모습을 즐기지 못하였는데 지금은 모든 어린이가 귀엽게 보이고 생명의 존귀함을 새삼 느낀다.

5월 일요일 안성 산에서 이종사촌 형과 만나기로 약속이 되어, 산기슭에 심었던 작년에 구파발 뉴타운 택지조성 때 없어질 뻔했던 능소화를 미리 살폈다. 풀도 뽑고 지주대도 세웠다. 능소화는 유일하게 무궁화와 함께 한여름에 꽃을 피운다. 주황색 꽃잎이 아주 기품이 있어 보이는 꽃이다. 입구에 능소화가 무리 지어 피는 것을 감상한다.

두릅과 가죽나무 순 따낸 곳에서 다시 새순이 나오는지 살펴보는 중 아래쪽에서 아주머니들 떠드는 소리가 난다. 내려가 보니 산에 들어와 나물을 뜯고 있어 이곳은 약초나 산나물을 재배하는 곳이니 다른 곳으로 가시라고 안내했다. 일부 더덕 1개는 파헤쳐진 상태로 있다. 산 외곽에 경계

표시를 하고 안내문을 게시하였으나 풀도 많이 나서(일명 태평농법) 자칫 버려진 밭으로 오인할 수도 있을 것이다.

잠시 후 등산복 차림의 중년 남성이 올라와 대화를 해 보니 아래쪽에 중장비 정비업을 한단다. 연장 자루 몇 개를 구하러 왔다는 말에 관리 잘못으로 조경수로 쓸 수 없고 훌쩍 큰 느티나무에서 자루감을 찾아보라고 말했다. 느티나무로 다가가던 정비소 사장이 깜짝 놀란다. 푸드덕하며 새가 날아가는 소리가 나서 다가가 보니 둥지에 알이 5개 있고 밖에 1개가 나온 상태다. 꿩 알이 아니고 뜸부기 알이란다. 조바심하며 알을 품은 상태로 최대한 버티다 어쩔 수 없이 날아간 것이다.

둥지 밖에 나와 있는 알을 넣어 주고 만져 보니 따스하지는 않다. 어쩔 수 없는 자연파괴다. 표고버섯 재배하는 영감님께 물으니 '그곳에는 아직도 뜸부기가 있네.' 하며 사람 손을 타지 않으면 다시 품을 것이라고 한다.

우리 아이가 어릴 때 이곳에서 반딧불이 잡아 옛날 선비가 공부하던 이야기 들려주던 일, 큰애가 대학생 때 MT 가서 버너로 불을 피우다 가스가 떨어져 옆에서 팔짱을 끼고 있을 때 주변의 나무를 주섬주섬 주워 와 취사를 했다는 말, 처남 딸(승하)이 산속에서 잽싸게 도망가는 다람쥐 색깔의 새끼 꿩을 잡았다 놓아주던 일이 생각난다.

이곳은 옹달샘이 있고 완만한 구릉지에 웅덩이까지 있어 봄에는 개구리와 도롱뇽이 알을 까고 번식하는 등 생태계가 살아 있는 곳이다. 조류는 먼저 알을 낳고 어미가 부화시키는데 정확히 알이 먼저인지 병아리가 먼저인지 알 수 없지만 무자비하게 사용하는 농약에 중독되지 않고 지금껏 용케 살아 있는 뜸부기가 반갑고 과연 알이 부화할 수 있을 것인지 뜸부기 알의 운명이 걱정된다.

일주일 후 뜸부기 둥지를 확인해 보니 새는 보이지 않고 알만 덩그렇게 남아 있다.

버스를 기다리다 정비소 사장을 만났다. 같이 일하시던 분은 다소의 책임감을 느꼈는지 아마 계속 알을 품을 것이라는 얘기다. 젊은 뜸부기면 내년에 산란을 다시 하면 되지만 늙은 뜸부기라면 얼마 남지 않은 희귀조가 이곳에서 종이 단절되는 사례가 발생되면 어쩌나 걱정된다. 뜸부기의 운명을 생각해 본다.

냉이의 생존법

작년 배춧속이 안 차서 김장용으로 쓰기에는 부실하여 밭에 남겨 두었다. 그 배추는 겨울 동안 추운 날씨에 견디느라 얼었다 녹으면서 파랗던 이파리가 누런 거죽이 되어 마른 상태로 을씨년스런 모습으로 그냥 밭에 여전히 남아 있다.

몇 개를 거두어 반으로 갈라 보니 그래도 먹을 수 있는 고갱이가 나온다. 노란 배추의 고갱이를 먹으면서 문득 지진으로 무너진 건물 더미에서 꼭 껴안은 채 사망한 어머니 품에서 살아난 아기의 사연이 떠오른다.

그래도 겨우내 빈 밭을 지키는 것은 부실한 덕분에 남겨진 배추와 야생의 본능 덕에 겨울에도 얼지 않고 생생한 상태로 남아 있는 뚱딴지 감자다. 땅이 녹자마자 조그맣게 싹을 올린 냉이는 씨를 뿌리지도 않았는데 금세 싱그럽게 자라 빈 밭은 모두 냉이의 냄새와 자태로 봄날을 장식한다.

오월 중순의 냉이는 별사탕을 뿌려 놓은 것 같은 하얀 꽃으로 장식하더니 며칠 상간에 누렇게 변하여 어느새 밭에 씨를 떨어뜨리고 있다.

다른 작물들은 이제야 새싹을 만들고 일부는 가뭄으로 성장을 멈춘 상태로 비를 기다리고 있는데 냉이는 일찌감치 겨우내 쌓인 눈이 녹자마자 축축한 땅에서 싹을 올리더니 지금은 할 일을 다 한 듯 가뭄에도 아랑곳없이 하얀 열매를 바람에 흔들리며 여유를 부리고 있다.

식물과 마찬가지로 동물도 그러하듯 2세를 생산 후 노년기가 되면 탱탱하던 거죽이 마르고 주름 잡힌 몰골로 남아 하늘의 뜻을 기다리며 살기 마련이다.

 냉이는 게으른 농부의 덕으로 생존하고 있는지도 모른다는 생각을 해 본다. 보다 많은 농작물을 생산하려는 농부의 욕구로 규모가 커진 농장은 기계화되면서 제초제와 화학비료, 살충제 대량 사용과 수시로 땅을 갈아엎는 관계로 오염되지 않은 땅속에서 살아가는 지렁이나 굼벵이, 같은 생태계로 연결된 두더지나 들쥐가 살 수 없는 땅에서는 냉이를 구경할 수 없다.

 그러므로 냉이는 소규모의 텃밭이나 지금까지 땅을 갈아엎지 않은 묵힌 밭의 틈새에서 일찌감치 싹을 올린 후 열매를 맺고 있다. 요즈음 도시의 씨앗 가게에 가면 예전에는 전시되지 않았던 야생화나 잡초로 분류되었던 냉이며 엉겅퀴와 비름, 쇠비름 같이 전문가가 아니면 알 수도 없는 각종 나물과 야생화와 잡초의 씨앗까지 팔고 있다.

 지인 중에 냉이씨를 구하려는 사람도 있어 씨를 받으려고 튼실하게 익은 냉이 줄기를 베어 내어 별도로 보관하였다.

 냉이의 일생을 생각해 본다. 일 년 중 작물이 자라기 제일 좋은 날을 피해서 잠깐 동안의 틈새 계절에 제일 먼저 싹을 올린다. 지금 밭에 떨어진 냉이씨 일부는 가을에 싹을 올리기도 하지만 대다수의 냉이는 추운 날씨가 도래하면 열매를 남길 수 없다고 감지하고 겨울 내내 숨죽이고 있다가 다가오는 봄에 싹을 올려 열매를 맺는 지혜를 발휘한다.

 김훈의 『칼의 노래』 한 구절이 생각난다. 남한산성으로 피신한 인조는 지방에서 봉기를 목적으로 한겨울에 밀사를 내보내면서 가는 동안의 식량 조달을 걱정하나 밀사가 '밭두렁에 남아 있는 허드레 무나 배추와 나물로 해결하면 된다.'고 말하는 것을 보면 그 시절에도 냉이는 부식 조달에 한몫했다는 생각이 든다.

지금과 같이 식량이 남아돌아 가는 시기에는 별 역할을 못 하지만 어려운 시절에 강인하게 살아남은 냉이는 인류의 생존에 여러 가지 기여를 하였을 것이다.

새삼 겨울철에 뿌리가 얼지 않고 씨앗도 잘 관리하여 제일 먼저 생명을 잉태하는 냉이의 생존방법에 경의를 표한다. 채취한 씨앗을 지인들에게 나누어 줄 생각을 하니 기쁘다.

칡 줄기 유감

새해인 듯싶더니 벌써 2월인데 겨울을 다 넘긴 것 같은 포근한 날씨다. 벼르던 칡 제거하기에 좋은 날씨다. 농장과 도로 사이의 칡과 찔레나무를 비롯한 잡나무를 제거하려고 하던 참에 명절 다음 날이 비어 있어 농장을 가려고 천안행 전철에 올랐다.

칡과 같이 섞여 있는 뚱딴지 감자는 천적이 없는 줄 알았으나 서리가 내린 다음에 수확하지 않으면 땅속에서 생활하는 들쥐와 두더지에게는 겨울을 날 수 있는 신선한 식품이 된다.

새싹이 돋을 때만 하여도 미처 몰랐는데, 한여름이 되니 무섭도록 칡 줄기가 뻗어 나온다. 내려올 때마다 칡 줄기를 제거하였으나 비가 한 줄기 오고 나면 언제 그랬냐는 듯 칡 줄기가 종전과 같이 뻗어 제자리걸음이다. 요즈음은 칡 줄기와 싸우는 편이다. 간혹 뚱딴지 감자를 캐다가 칡뿌리가 나오면 옛날에 껌 대신 칡뿌리 먹던 생각이 나서 덤으로 캐어 먹는다.

칡에는 녹말가루가 제법 들어 있어 나무 속 껍질과 함께 대표적인 구황식물로 알싸하게 씹는 맛은 변하지 않아 껌 씹는 것보다 낫다. 흉년이 들면 도토리는 풍년이 든다고 하니 구황 식물과 함께 우리 조상은 이런 자연의 이치를 이용하며 삶을 이어 나갔으니 조상의 지혜가 엿보인다. 칡은 쌉쌀한 즙도 나와 천연식품이므로 제법 소화를 돕는다.

소득이 높아지다 보니 예전에는 대우받던 식물이 골치 아픈 식물이 되었으니 아이로니컬하다. 칡은 줄기가 감아 올라가는 방향이 등나무와 반대 방향이다. 갈등葛藤이란 말의 어원도 칡에서 나왔다.

옛적 내 고향에서 여름에 부업으로 일을 할 수 있는 곳 중 하나는 시냇가에서 삶아서 칡 껍질을 벗기는 일이었다. 숙성된 칡 껍질은 갈포벽지의 원료가 되었기 때문이다. 아버님이 장사에 실패하였을 때 누이와 같이 시냇가에서 칡 껍질을 벗겨 부수입을 얻은 기억이 난다. 그 당시에 칡은 귀한 자산이었다.

칡 줄기는 나뭇짐이나 빗자루 매는 등 웬만한 끈은 칡 줄기를 사용하고 노인들은 농한기를 넘기는 재원으로 사용하였다. 소설『임꺽정』에서 병혜 대사가 나오는 안성 칠 장사는 절 기둥이 오래된 칡으로 되어 있다고 한다. 칡을 끈 대용으로 사용하는 것으로 알고 있는데 기둥과 같은 건축 구조재로 사용한다는 것은 확인할 수 없는 사항이다.

산에서 칡 줄기를 수거해서 파는 것도 부수입의 하나였다. 그런 칡 줄기와 잎은 낮은 산에서는 소나 염소의 좋은 먹이도 되고 유용하게 쓰였기에 깊은 산중에 가지 않으면 쉽게 채취할 수 없었다. 당시 수출품 중에는 쥐꼬리와 함께 갈포벽지가 많은 비중을 차지하였다.

칡뿌리는 시골 아이들의 간식거리 중 하나였다. 초등학교 시절 여자 동창과 같이 돈지산에서 칡뿌리를 캐어 오는 중에 때마침 봄비에 제법 개울물이 불어 징검다리를 건너다 여자 동창이 떨어졌다. 지금 같아서는 신사도를 발휘한다고 물속에 같이 뛰어들겠지만 어린 시절이라 발만 동동거린 기억이 난다.

칡을 제거하기란 여간해서 쉽지가 않다. 황토 세 트럭을 받았는데 그 틈에 칡 몇 토막이 섞여 들어와 세월이 지나면서 요소요소에 칡 줄기가 자랐다. 두릅나무며. 대추나무와 뚱딴지 감자 사이에 줄기로 뻗어 나무만 보이면 감고 올라와 결국은 나무를 죽인다.

칡은 원뿌리도 있지만 줄기를 뻗어 내다가 흙과 접촉하는 곳이면 뿌리를 내린다. 오죽하면 어느 교포가 미국에 애완식물로 키우려고 칡을 가져간 것이 미국의 산림을 황폐화시킨다고 한다. 아카시아 죽이는 농약을 발라도 윗부분만 죽이고 아래에서 새싹이 돋는다. 아마 영구히 칡을 제거하지 못할 것 같다.

칡꽃은 아카시아 꽃과 닮았는데 향기도 나고 색이 연분홍과 보랏빛을 섞은 것 같다. 아주 아름다우나 소량으로 피어 아카시아 꽃과 같이 밀원식물은 되지 못한다. 이 꽃을 말려서 차로도 먹고 칡뿌리는 내려서 즙을 먹는다.

옛적에는 칡이 아주 많았던 것 같다. 갈현葛峴동이란 지명이 서울에만 있는 줄 알았는데 과천시나 성남시에도 똑같은 지명이 있는 것을 보면 칡이 꽤 많이 존재하였던 모양이다. 옛적 우리 조상은 칡을 유용하게 쓰는 생산재이었으나 지금은 소득도 오르고 먹을 것도 많아 칡을 힘들여 캐지 않는 것 같다. 초근목피라는 낱말도 곧 사라질 것이다.

공해에 찌들어 사는 우리의 삶에 자연식품으로 칡뿌리를 권하고 싶다. 칡을 볼 때마다 아득한 옛날의 추억이 떠오르고 알싸한 향기는 두고 온 고향이 생각난다. 연어와 같은 회귀 본능이 뇌리에 새겨진 때문일까?

안성 금광면 석하리를 떠나며

새해 들어 많은 변화가 있었다.

코로나가 2년 차에 들어오면서 초기에는 날씨가 더워지면 코로나 팬데믹은 물러갈 것이라고 하였는데 기온이 올라가도 더욱 창궐하고 있으니 마스크를 쓰지 않고 지낼 날이 언제 돌아올지 막연하기만 하다. 집에 머무르는 시간이 많아지면서 그동안 써 둔 시를 정리할 수 있어 여러 지인을 포함한 친척들의 도움으로 시집을 출간하는 계기가 되었다.

그동안 금전상 애로가 있어 안성에 있는 부동산을 매도하려고 생각하던 차에 그중에서 제일 애지중지하던 석하리 복숭아밭을 매도할 수밖에 없었다. 15년 전에 어렵게 매입한 복숭아 과수원은(나무가 늙어 제거하고 여러 해 전부터 밭으로 사용함) 계절이 바뀔 때마다 철 따라 많은 즐거움을 안겨 주었다. 뒤편으론 병풍같이 드리워진 호룡산과 더불어 전면에는 서운산 줄기가 장엄하게 연결되어 있으며 복숭아과수원과 인접한 종중 땅 야산 사이에는 계곡물이 흘러 철 따라 바뀌는 주변의 경관은 어느 동양화와 바꿀 수 없을 정도로 좋은 경치를 선사하였다.

누가 말했던가. 한반도는 산이 많아 입체감이 있으며 리아스식 갯벌, 해안과 더불어 수천 개의 섬이 있어 몽골과 같은 내륙국가보다 3배가 넓어 보이는 땅이라고 말이다. 더구나 사막과 습지, 황무지 같은 땅이 없어 그야말로 금수강산임에 틀림없다는 것을 외국 여행을 하면서 실감하기도 했다.

매각한 땅은 주변 여건이 너무나 좋은 곳이다. 660평에 불과하나(중국의 항저우의 서호는 인공으로 조성된 호수인데 호수를 파낸 흙으로 조그마한 동산을 만들어 유명한 관광지가 되었는데 우리나라는 그보다 아름다운 크고 작은 산이 셀 수 없이 많으니 축복받은 나라다.) 땅과 인접한 좌우 측면과 후면이 개발할 수 없는 종중 땅이므로 마치 수만 평을 소유한 것과 같아 보인다.

인접 마둔호수의 얼음장이 깨지면 계곡 건너에는 생강나무 꽃을 시작으로 화려하지는 않으나 소박한 산벚꽃이 피고 연달아서 화려한 복사꽃, 이웃한 배 과수원에 배꽃이 필 때면 그 좋은 경관을 공짜로 즐긴다. 밤이면 이효석의 「메밀꽃 필 무렵」이 연상되는 마치 소금을 뿌려 놓은 것 같은 호사스럽지 않고 소박한 밤 배꽃을 마음껏 감상하였다.

지인을 비롯한 처가 식구들이 방문하면 장모님은 머위와 미나리를 근처에서 채집하고 밭 주변에서 두릅과 엄나무, 가죽나무 순을 채취하여 임금님 부럽지 않은 밥상을 받았다. 폐목(여기서는 과일나무가 늙어서 과일이 얼마 안 달려 폐기 처분할 나무)된 복숭아나무를 제거한 후에는 각종 야채를 비롯하여 매실과 개복숭아를 채취하여 엑기스 용도와 과실주 원료로 사용하였다.

그 넓은 농지를 농산물로 채울 수 없어 할 수 없이 관리가 안 되는 변두리 잡초 지역으로부터 돼지감자를 파종하였더니 돼지감자는 잡초를 죽이고 왕성하게 자랐다. 현지에서는 비웃음을 당했으나 서울에선 일반 감자보다 대우를 받았다. 철 따라 생산된 야채는 이웃과 나누어 먹는 재미를 느끼곤 했다. 휴식차 뒷산에 오르면 봄에는 고사리, 가을이면 영지버섯이 기다리고 있었다.

밤이면 초롱초롱한 별과 달, 덤으로 한밤중에는 반딧불이가 추는 군무를 공짜로 감상할 수 있었다. 저녁나절에는 수놈이 암컷을 부르는 애처로운 고라니 소리도 들리고 장마철이면 개구리 우는 소리에 섞여 특이한 황소개구리의 우는 소리도 들었다.

거처할 집은 겉으로 초라하였으나 1개의 방을 황토방으로 지은 것은 참으로 잘한 일이다. 황토방은 겨울에는 보온이 되고 여름에는 서늘하여 불볕더위를 막아 준다. 천장까지 황토로 마감하다 보니 겉만 번듯한 황토방과는 다른 작품이 되었다. 취미 클럽과 동창 등 지인에게 자랑할 수 있는 명품이 되었다. 작업하다 지친 몸이 피로 회복하기에는 이만한 것이 없었다. 수많은 지인들이 황토방에서 하룻밤을 지냈다.

그중 부동산업을 하며 아랫집에서 혼자 사는 김 사장이 황토방을 제일 많이 사용한 셈이니 황토방을 지은 나보다 김 사장이 즐긴 시간이 더 많다. 비어 있는 황토방에서 김 사장이 잠을 자 보니 잠자리가 편하여 아예 이곳으로 거처를 옮기어 전기세만 내고 거주하기 시작한 것이다. 비어 있는 황토방에서 거주하는 것은 어쩔 수 없으나 이부자리를 항상 펴 놓아 정작 내가 사용하려면 불편한 점이 많았다.

이곳에서 글을 쓸 수 있는 소재 대부분이 나왔고 시집이 나오자마자 황토방도 헐리게 되어 공들여 지은 나의 작품이 없어진 셈이다.

한 가지를 얻으면 한 가지를 잃는 것일까. 15년 이상을 동고동락하던 방인데 많은 회한이 앞선다. 부동산은 영원한 주인이 없다는 말이 새삼 상기된다. 그동안 행복했는데. 두 번 다시 이런 집을 지을 수 없을 것 같다. 황토방을 금전과 바꾼 셈이니 소중한 물건을 잃어버린 기분이다. 이곳에 제

2경부고속도로 인터체인지가 생기면서 부동산값은 올라갔으나 한번 파괴된 자연은 다시는 돌아올 수 없을 것이다.

이곳에서 4km나 떨어진 산에 살림살이와 미처 사용하지 못한 건자재를 옮기는 작업도 수월치 않았다. 진입로가 현황상 도로나 맹지이고 마지막 우리 땅에 진입하려면 경사가 심하고 비포장이므로 짐을 옮기는데도 사륜구동 화물차를 이용하였다. 컨테이너도 큰 것을 설치할 수 없어 작은 것을 설치할 수밖에 없었다. 타이어가 있는 포클레인은 진입할 수 없어 2대의 체인 식 포클레인을 동원하여 컨테이너를 옮길 수밖에 없었다. 지금은 전기 공급이 안 되고 진입로가 불편하여도 앞으로 토지의 희소성과 기술의 발달로 해결될 수 있을 거라고 생각이 된다.

이곳 중리산을 매도하라던 말을 뿌리친 것은 석하리 집을 팔아 현금을 확보하였기 포퓰리즘과 앞을 예견할 수 없는 정부의 시책으로 어려울 때를 대비한 말년의 소일거리로 남겨 놓았다. 이제는 이곳에 작으나마 황토방을 짓고 자연재료를 사용하여 혼신을 다하여 가꾸어야 할 터전으로 만들고 싶다.

마지막 보루로 반은 밭으로 전용할 수 있는 ○○○평 정도의 숲을 소유하게 된 것도 나에게는 큰 행운이다. 그동안 나무를 심고 건축하면서 많은 시행착오를 겪었기에 잘 가꾸어야 하는데. 산을 시행착오 없이 어떻게 가꾸어 갈지 머릿속은 산을 가꿀 생각으로 가득 차 있다. 한번 건축한 건축물과 나무는 시행착오 없이 철거나 이식하지 않고 보내야 할 텐데. 전기가 들어오면 나의 생활이 한결 풍족해질 것이라고 생각한다. 진입로 보강공사를 비롯하여 할 일이 많다. 멋진 동산으로 가꾸어야 하는데…….

한방 위주의 약이 되는 식물과 나무를 식수하고 꽃도 가꾸어 아름다운

동산으로 만들고 싶으나 세월을 이길 수 없는 것. 70을 넘긴 나이에 의욕만으로 이루어질지 검토할 사안이 많다. 다행으로 100여 m 떨어진 곳에 사철 얼지 않은 암반수와 옹달샘이 있어, 이곳에서 둥지를 틀기에 안성맞춤이 되었다.

흐르는 물소리

'이 몸은 어데서 왔다가 어데로 가는지?'

새벽 5시 라디오 소리도 안 나는 적막한 밤에 문득 생각나는 의구심이다. 간밤 내내 간간이 내리던 비는 유별나게 많이 내려서 온 대지와 산야를 적셨을 것이다. 그동안 말라 있었던 솔잎과 참나무 등 이파리와 나뭇등걸을 적신 후 낙엽과 땅거죽과 대지의 일부만 적신 후 물은 높은 곳에서 낮은 곳으로 흘러내리는 것이다.

흔히 어린아이가 자라면서 자각할 나이가 되면, '엄마 나는 어떻게 태어났어?' 하고 질문하면 통상 '다리 밑에서 주워 왔지.'라고 답변한다. 그러다가 구체적으로 자꾸 물으면 피난민일 경우는 영도다리 밑에서 주워 왔지 한다. 그러다가 내가 살던 옆 동네인 동촌의 다리 밑에서 주워 왔지 하면 잠시 지금의 아버지 어머니가 아닌가 하고 의구심을 갖다가 '아니, 그럼 진짜 우리 아버지는?' 하고 엉엉 운 적도 있다.

사춘기 때는 '내가 죽으면 어데로 가지?' 하고 물어보면 '죽어서는 하늘나라로 가지.'라는 말을 듣곤 했다.

어릴 적 크리스마스가 다가오면 우선 떡이나 과자를 얻어먹는 재미로 교회에 나가곤 했다. 거기서 들은 말은 사람이 죽으면 영혼이 있는데 살아서 좋은 일을 많이 하고 예수를 믿으면 하늘나라로 가고 나쁜 짓을 하면 지옥으로 떨어진다는 말을 듣고 잠시나마 저승에서의 일상에 대하여 두려움에 젖기도 하였다.

나 자신도 죽어 봐야 알겠지만, 어린애를 다리 밑에서 주워 오고 죽어서 하늘나라로 간다는 말은 틀린 말은 아니다. 감수성이 예민한 어릴 적에 어른들의 한마디 한마디는 그대로 뇌리에 꽂힐 수밖에 없다. 어머니 다리 밑에서 주워 오고 죽어서 하늘나라로 가는 것. 기독교는 살아 있을 때의 행실에 따라 지옥이나 천당에 가고 영생을 얻는다고 한다. 불교나 이슬람교에서는 교리에 따라 좋은 일 하다 죽으면 다시 환생할 때 현재의 삶보다 더 나은 삶을 영위하는 것을 굳게 믿는다.

기독교와 불교, 이슬람교 그리고 불교의 전신이라 할 수 있는 힌두교는 주검을 하나의 새롭게 떠나는 삶의 연속으로 전환되는 계기로 삼았기 때문에 행복한 주검으로 생각하고 때론 축복으로도 생각하기도 한다.

아메리칸 인디언의 말 중에 죽으면 물과 먼지로 변한다는 말이 있는데 오래된 미라를 만지거나 밀봉된 공기로 나오면 조금만 만져도 바삭바삭 부서져 몸속에서 이미 빠져나간 수분과 먼지로 바뀌는 것은 사실이다. 기독교에서의 사람을 흙으로 빚고 죽어서도 흙으로 돌아간다는 말은 명약관화한 사실이다.

불교의 화장문화는 화장 시 불에 의하여 열을 받으면 한 줌의 재, 수분은 증발하여 구천을 맴돌다가 구름으로 변하여 비로 떨어지면 동식물의 몸통으로 들어가서 새로운 2차, 3차의 먹이사슬의 과정을 통하여 사람 몸속으로도 들어가면 새사람으로 태어나기도 하므로 죽어서 다시 환생한다는 말은 아주 틀린 말이 아니다.

배 과수원 아주머니

안성 금광면 석화리 농장을 드나들다가 뜻밖의 소식을 들었다. 집 앞 배 과수원 아주머니가 돌아가신 것이다. 그리고 보니 일 년도 안 된 사이에 뒷집 표고버섯 농장을 하시던 이 선생님이 교통사고로 돌아가셨고 앞집 장 선생 댁 아주머니가 돌아가신 것이다.

서울의 이웃도 중요하지만 시골의 이웃은 더 중요할 수밖에 없다. 도시에 비해서 시골에서는 소통 없이 살 수 없기 때문이다. 배 과수원을 운영하려면 전지를 시작으로 열매 솎아 주기, 봉지 싸 주기, 농약 뿌리기, 배가 다 익으면 선별하여 과수 따기 등 장 선생 혼자서 일하기는 버거운 일이 한두 가지가 아니다. 더구나 장 씨 아주머니는 과수일을 도와주다가 틈틈이 한편에 텃밭을 마련하여 도라지며 마늘과 콩밭을 돌보시고 점심때면 수십 년은 됨직한 경운기 뒤편에 올라타고 통통통 소리를 내며 집으로 갈 때는 '아, 점심때가 되었구나.' 하곤 시간을 알아봤다.

그렇게 어렵게 농사지은 콩으로 메주를 만든 것을 지폐 몇 장으로 바꾸어서 우리 집사람은 장을 담갔다. 가을이면 비록 상품성은 없어도 한 상자 가득 배를 담아 정을 나누었으니. 나는 태양과 정성으로 만든 배를 수없이 받아만 먹었고 배꽃이 피는 장관을 건너편에 이어 달리는 차령산맥과 함께 공짜로 감상하였다. 남편인 장 선생님께 물으니 직장을 그만둬야 하므로 농사를 이어받아 할 아들이 없단다.

그렇다고 일본과 같이 대를 이어서 할 것도 아니고 앞으로 일어날 배 과수원의 미래를 상상해 본다. 남쪽으로 종중산 사이에 골짝물이 흐르고 북측에 도로가 있어 장래에는 필경 1,400여 평의 땅이라서 3~4개의 아담한 전원주택 부지로 나타날 것이다.

개발한 결과는 배꽃 감상과 얻어먹을 배가 없을 것이다. 지금도 밭을 매다가 마주치면 언제 서울 올라가시냐고 묻곤 하였는데. 경운기 뒷좌석을 부여잡고 점심때나 하루 일을 끝내고 가는 모습이 눈에 선하다. 동네에서 태어나 한 고향 지인과 결혼하여 동네에서 일하다 돌아가신 분 시간 차이만 있을 뿐 야생화가 꽃 피우고 열매 맺고 서리 맞아 생을 다하는 것과 무엇이 다르랴.

그렇게 장 씨 아주머니는 들꽃처럼 살다가 돌아가셨다. 더 이상 마주칠때의 순박하고 들꽃처럼 반기는 미소를 볼 수 없다. 혼자 남겨진 장 선생님의 표정을 그려 보면서 언젠가는 닥쳐올 나의 미래의 모습을 그려 본다.

배 과수원 아주머니 뒷이야기

배 과수원은 그대로 방치되어 있었다.

배꽃이 피기 전부터 전지를 해 주어야 하고 암수 꽃 접붙이기와 어린 배 솎아 내기 다음에 봉지 씌우기와 곁들여 잡초 베기와 소독하고 거름주기 이 모든 작업이 그대로 방치되고 있고 제멋대로 자란 배나무는 그래도 꽃을 피우고 열매를 맺었다. 점심때가 되면 오래된 경운기를 몰고 통통거리며 점심 식사하러 가던 모습도 볼 수 없다.

과수원 구석에 있던 마을이며 도라지밭은 잡초밭으로 변했고 길 건너 장 씨가 경영하던 다랭이논은 그대로 방치되어 망초 등 잡풀만 자라고 있다. 배 과수원 아주머니의 죽음은 과수원 전체에 영향을 미쳤다. 일본같이 대를 이어 가업인 과수원을 경작한다면 좋겠지만 요즘 육체노동을 싫어하는 추세에서는 젊은이들이 과수원을 운영한다는 것은 먼 이야기가되어 버렸다. 항간에는 코로나로 인한 외국인들의 철수로 인력을 구할 수없다는 얘기도 있는데 그것도 한 원인일 수 있겠다.

경로당과 길에서 만난 짝 잃은 장 씨는 핵이 빠져 있었다.

"일하면 뭐 해요?"

하긴 마나님 없는 과수원에서 일한다는 것이 누구를 위하여 일을 하여야 하는지 맥이 빠지는 일이라고 생각해 본다. 귀갓길에서 만난 장 씨는 쓸쓸한 웃음을 지으며 '좋은 사람 만나서 연애도 해야지요. 힘은 있어요?' 물어보는 사람도 감정을 공유하며 쓸쓸히 웃는다. 남자가 먼저 저세상으로 가야 한다는 것도 실감이 난다. 잔소리는 들어도 매사 챙겨 주는 마나 님과 돌아가신 후 며느리에게 신세 지며 살아가야 하는 처지도 이해가 된 다. 그래도 가을철이면 흠집 있고 상품성 없는 배를 얻어먹곤 하였는데.

"배나무는 전지하기에 따라 백 년까지 경작할 수 있어요."

복숭아는 7, 8년 정도만 과실을 딸 수 있지만. 나름대로 배 과수원을 자 랑하던 장 씨의 얼굴이 떠오른다.

몇 년 전 LA의 현대마트에서 한국산 배를 보았을 때 얼마나 반가웠는 지. 미국산 똘배와는 비교가 안 된다.

유라시아 대륙의 끄트머리인 한반도는 기가 뭉쳐 있어 인삼이나 배는 한국산을 따라올 수가 없다고 한다. 하다못해 은행잎과 한국산 오줌도 따 라올 수 없다고 한다.

같이 등산하던 심마니의 말씀을 들어 보니 한국의 산삼은 원조가 3.8선 근처인 인제 근처에서 나오는 것을 제일로 치는데, 장래의 먹을거리는 이 것밖에 없다며 박정희 전 대통령이 명령하여 헬기로 산삼씨를 뿌렸다고 도 한다. 박물관에 같이 아르바이트하며 장뇌삼을 재배하는 최 선생의 말 씀에 의하면 일제강점기에 일본사람이 소나무를 베어 내면 근처에 10여 알씩 산삼씨를 뿌렸다고 하니 얼마나 장기적으로 계획을 세웠는지 알 만 하다.

농사는 단기적으로는 승산이 없고 장기적으로 대처하여야 한다는 것을 새삼 실감한다. 배 과수원 옆에서 거주하는 미술 전공 김 교수는 배 과수 원이 없어진 후 소 우사가 들어서는 것을 걱정한다.

내 생각은 남쪽에는 종중 땅인 야산과 계곡물이 있고 북쪽으로는 도로 가 있어 전원주택 위치로는 그만한 것을 찾아볼 수 없으므로 장 씨가 돌아가시면 몇 필지로 분할 후 전원주택부지로 팔릴 것이라고 단정해 본다.

휜돌리 마을과 한옥 펜션이 있고 그런대로 풍광이 좋은 이 마을도 땅 주인이 바뀌는 과정에서 앞으로 많은 변화가 있을 것이며 이곳같이 풍광이 좋은 곳이 훼손되면 안 된다는 생각도 해 본다. 뒤편의 버섯농장도 많은 변화가 있었다. 주말마다 평택 지제에 거주하는 직장인 부부가 악착같이 와서 비닐하우스를 손질하더니 블루베리를 심었는데 수확하려면 매일 붙어 있어야 하므로 미국과 같이 기계화하지 않으면 수확할 때 어려움이 있다고 이야기할 수도 없다.

아래쪽은 돌아가신 이 선생의 아들이 경작도 하며 중장비 창고로도 사용한다.

땅은 영원한 주인이 없어 잠시 빌려 쓰는 것이라는 말을 이해할 수 있을 것 같다. 내가 운영하고 있는 땅도 언제인가는 주인이 바뀔 것이다.

제5부

양주 한잔의
추억

동행

　사람은 누구나 자기 자신을 알아주거나 기억해 주는 사람에게 연민의 정을 품게 되는 것일까? 옷깃을 스치는 것도 찰나의 인연이다.

　불교에서는 전생에 원수지간이었던 인연이 이승에서 다시 부부로 만난다고 한다. 인연이란 사람이 살아가는 가운데 작위作爲로 생기는 것인지 아니면 운명적으로 결정되는 것인지? 퇴직한 시점과 비례하여 직장 인연과 연계된 내 핸드폰 벨 소리는 점차 줄어들고 있는 시점이었다. 서울에서의 오늘 주요 스케줄이라면 십여 일간 육체노동 후에 찾아온 휴식과 우루과이와 월드컵 8강 승부를 관전하는 즐거움만 기대하고 있던 중이었다.

　"어머님이 돌아가셨습니다."

　진천 석중리 흰돌리 마을에 형님인 김 교수 댁에 같이 살고 있는 할머니의 막내아들의 전화를 받고 잠시 회한에 젖었다. 직장 생활 중에 나를 찾는 사람의 대부분은 업무와 연관된 전화 아니면 친분관계 통화가 대부분이었다.

　퇴직 후 제2의 인생을 살아가는 차에 진천 산골에서 나를 기다리는 것을 낙으로 삼고 생활하시는 할머님이 계시다는 사실은 새로운 인간관계의 형성? 아니면 전생의 인연 때문인지……。

　진천을 드나들면서 우리 농장 아랫집인 미술 작업실과 간이 주거시설이 있는 집에 나는 농장에서 일하다가 휴식차 잠깐 들르거나 연장을 서로 빌려 쓰고 저녁엔 TV 보거나 컴퓨터 작업 차 마실을 다니곤 했다. 그 집에는 평택○○대에 나가는 미술 전공 교수와 나이 사십 후반이 되도록 결혼하지 않고 혼자 살면서 일 년 전 어렵게 부동산 소개소를 운영하고 사는 막내아들과 외롭게 서로 의지하며 살아가던 할머님이 계셨다. 그 할머니가 석 달 전 응급실에 입원해 계시다가 끝내 돌아가신 것이다.

장례식장이 있는 천안행 전철을 타고 내려가면서 많은 상념에 젖었다. 아들 사 형제에 딸 하나를 둔 할머님의 상가는 휴일이라 그런지 을씨년스럽기까지 하였다. 교수는 내 또래인 큰아들에게 할머님이 살고 계시는 곳에 사시는 분이라고 나를 소개하여 간단히 인사를 나눴다. 이웃사촌의 경지를 넘어 사실 할머님이 돌아가시기 전에 내가 할머님과 만난 횟수는 큰아들이 할머님을 찾아온 횟수보다도 훨씬 많았다는 사실을 한참 후에 알게 되었다.

내가 할머님을 찾아가면 할머님은 반갑게 맞이하시고 불편한 몸인데도 불구하고 꼭 커피 한 잔을 손수 끓여 두 손으로 주시곤 했다. 더불어 아내의 안부 등 인사치레를 하시면 나는 얼마 안 되는 빵이나 농장에서 생산되는 토마토, 복숭아 또는 애호박을 가지고 갔다.

한번은 냉장고에 보관하고 있던 큰아들 김 교수가 일본에서 가져온 초콜릿을 슬며시 나에게 건네주셨는데 나는 받지 않으려고 하다가도 할머님의 체면치레로 생각하고 받아오곤 하였다. 서울에서 왕래하다가 읍내에 있는 막내아들 부동산 사무실에 들르면 할머님이 나를 기다리신다며 농장에 가시면 꼭 어머님을 뵙고 가라고 막내아들은 나에게 부탁하곤 하였다.

한번은 할머님에게 '일주일 만에 왔습니다.'라고 말하니 할머님은 '일주일이 아니고 열흘이나 되었습니다.' 하고 내가 오는 날을 손꼽아 기다리시곤 하셔서 어쩜 새로운 부담이 생겼다.

작년에 할머님 댁 빈 땅에 내가 호박 모종 세 구덩이를 심어 준 후엔 할머님과의 대화 중에 '애호박이 2개 열렸으니 따 잡수십시오.'라고 말하면, '청둥호박으로 늙힐 겁니다.'라고 즐거운 표정으로 답변하시곤 하였다.

거동이 불편하시어 문밖으로 출입도 못 하시는 분이 호박이 열매 맺고 크는 내용을 정확히 알고 계시곤 하였다. 할머님은 매일매일 호박 자라는 내용과 나의 왕래 여부를 막내아들로부터 보고받는 것이 중요한 일과이며 말벗으로 나와 단둘이 마주하면 고부간의 섭섭한 문제나 검버섯이 생기고 몸이 자꾸 가렵다는 건강상 문제도 나에게 털어놓곤 하셨다.

어느 날 할머님은 갑자기 혈압이 떨어지고 의식 불명이 되어 안성의료원 중환자실에 입원하고 계실 때 문병차 방문한 나를 막내아들이 '복숭아집 아저씨가 오셨습니다.' 하고 귓속에다 말하니까 평소와는 달리 몸을 꿈틀하며 가족들이 방문할 때보다 더 세게 반응하신다는 막내아들의 설명도 있었다.

막내아들이 할머님을 밤을 새워 가며 간호하거나 대기실에서 침식을 하는 등 정성 들여 열심히 간병한 보람도 없이 할머님은 돌아가셨다. 한때는 자가용인 지프차가 전기배선 불량으로 불이나 폐차하게 되었음에도 막내아들은 나에게 자기가 소중히 여기는 물건을 못 쓰게 된 것은 할머님이 돌아가실 것을 대신한 액땜이므로 쾌유하실 수 있다고 말하는 등 내가 보기엔 노환으로 결과적으로 돌아가실 수밖에 없다고 생각되는데 병환이 점차로 나아질 수 있다고 희망적으로 말하곤 하였다.

할머님이 돌아가신 지 며칠이 지나서 막내아들이 나에게 '어머님 사십구재를 평소에 인연이 있었던 문경의 조그만 암자에서 초재를 지내려고 하는데 동행해 줄 수 있느냐고 부탁하듯 물었다. 사연을 들어 보니 사형제와 누님 한 분이 있어도 자기 형제 중 아무도 사십구재에 신경 쓰는 형제가 없어서 할 수 없이 일 년 전에 한 번쯤 어머님과 같이 방문하던 암자를 같이 찾아가 보자는 부탁이었다. '이럴 때 같이 동행하여 주는 것이 돌아가신 할머님을 즐겁게 하고 막내아들 혼자서 쓸쓸히 암자를 방문하는 것보다 훨씬 좋을 것'이고 동행하는 것도 나의 마음을 닦는 일과 중 하나일 수도 있다고 생각하였다.

　충청북도 음성 괴산을 지나 소백산맥을 넘어 문경 초입까지 가는 도중 막내아들은 할머님과의 추억장소를 지나면서 같이 점심 먹은 장소며 휴게소에서 평소 자기 어머님이 좋아하시던 호두과자를 사 먹던 장소에서 호두과자를 사서 나에게 먹으라고 권하기도 했다. 돌아가신 아버지와 형제들에게 천대받고 외로웠던 어머님과 자기는 서로 의지하며 어렵게 생활한 이야기며 어머님과의 어려웠던 과거를 회상하기도 하는 사이에 어느덧 소백산맥 기슭인 암자에 도착했다. 비구 스님이 안내하는 대로 초제를 지내고 초저녁에야 진천 농장에 도착했다.

　초재 지낸 곳의 비구 스님의 일정상 막재를 지낼 수도 없고 막내아들 혼자 경제적인 어려움 등으로 형편상 매주 제사를 지낼 수도 없어 자기 고향인 아산을 포함 여러 곳의 사찰을 막제를 지내려고 수소문하였다. 그러나, 날짜는 점점 다가오고 마땅한 사찰을 물색할 수 없어 실망하고 있어 안쓰러워서 독실한 불교 신자인 아내의 조언을 부탁했다. 그 덕분인지 아니면 할머님의 덕이 작용하여서인지 가까운 석남사에 인연이 닿을지도 모른다는 아내의 말을 듣고 막내아들이 열심히 수소문한 결과 운 좋게도 농장에서 3km밖에 안 되는 석남사에서 사십구일 되는 날 막재를 치를 수 있게 되었다. 나는 서울에서 하루 전에 내려가 다음 날 오전 막내아들과 단둘이서 막재를 지냈다.

제사 지낼 때와 같이 술잔을 올리고 불경을 따라 하는 등 행사 내용으로 보아 막내아들 혼자서 수행하기는 어려운 행사였기에 동행하지 않았으면 얼마나 쓸쓸한 행사가 되었을까 혼자 생각도 해 보았다.

할머님이 나에게 베푼 친절이 사후에도 막내아들과 동행할 수 있는 인연을 만들었다. 우연인지 몰라도 사십구재 행사 참여 후 나에게는 미처 예기치 못한 좋은 일이 여러 번에 걸쳐 발생하기도 하였다. 새로운 사실은 형제간의 우애도 여러 명이 되면 잘 이루어지지 않을 수도 있다는 사실을 실감하기도 하였다.

지금도 자주 만나는 막내아들로부터 할머님을 회상하는 말을 듣곤 한다. 할머님과 함께 매달 5일이나 10일인 진천 장날에 구경 가시면 엿장수에게 으레 하시는 말씀이 엿 값은 다 쳐줄 테니 근이나 많이 쳐 주소 하면서 천진하게 웃으신다며 그 활짝 웃는 모습이 자꾸 떠오른다고 한다. 나도 할머님이 사시던 집을 쳐다보노라면 인자하게 웃으시는 모습이 떠오르곤 한다. 잠시나마 이승에서의 끈끈한 인연이 이루어졌던 할머님의 명복을 빌어 본다.

수학여행

산악회를 따라 월악산 줄기 중 하나인 도락산 등산을 하였다. 모처럼 하늘이 맑게 갠 날씨에다 추석을 앞둔 시점이라 벌초하고 올라오는 사람이 많아서 그런지 귀경하는 데 무려 다섯 시간이나 걸렸다. 지방 산행이라서 어쩔 수 없다지만 가는 시간 세 시간까지 합치면 모두 여덟 시간. 네 시간의 산행을 위하여서는 정말 준비하기 위한 시간이 너무 많이 걸린다. 그러나 지인과 어울리는 재미도 무시할 수는 없다.

산행을 마친 후 충무로 지하철역으로 내려오면서 '이 시간이면 북한산에서 산행을 다 끝내고 편안히 집에서 저녁 식사 후 쉬는 시간인데.'라고 말하니 동행하였던 지인은 동감이라고 말한다.

평소의 습관을 버리지 못하여 늦게 도착하여 저녁 열 시가 넘었으나 샤워한 다음에도 TV 채널을 돌리기 일쑤다. 특히 일요일 늦저녁에 교육방송을 틀면 〈마부〉 또는 〈미워도 다시 한번〉과 같은 흘러간 한국영화가 자주 나온다. 음향이나 연기가 요즈음 영화와 비교가 되지는 않아도 흘러간 영화를 보면 당시의 나의 옛 추억이 생각난다.

오늘 영화 제목은 〈수학여행〉이다. 전에 한 번 본 기억이 있지만 일부 기억나지 않는 부분도 있고 다시 보아도 새로운 기분도 들어 〈수학여행〉 영화를 계속 시청하였다.

영화 내용은 지금은 새만금 방조제 공사로 방조제와 더욱 가까워진 전북 오지인 선유도 섬마을 초등학생들이 서울로 수학여행을 오는 내용인데 원로배우인 구봉서가 선유도 시골 초등학교 담임선생이고 서울 종로초등학교 선생님은 황해다. 구봉서의 처는 낙도에 선생님으로 가 있는 구봉서를 위하여 내려가서 같이 살기를 거부한 당시 〈미워도 다시 한번〉 등에 출연하여 인기를 끌었던 문희다.

어렵게 수학여행 경비를 마련하여 군산에서 서울행 기차를 타면서 시골 학생들의 돌출행동이 보이기도 한다. 서울역에 도착 후 역에서 버스를 타다가 시골 학생 하나가 실수로 신발을 떨어트리게 된다. 이에 선생님(배우 구봉서)이 내려가 신발을 주우려는데 버스가 출발하여 할 수 없이 버스를 뒤쫓아 간다. 도중에 교통순경에게 붙잡히게 된다. 그 당시 교통법규를 위반한 사람을 계도차원에서 도로 한쪽에 새끼줄 쳐 놓고 일정 시간 동안 격리 후 나오게 하는 장면, 국군묘지를 학생과 같이 참배하는데 국군 창설 이십 주년이라는 현수막과 당시 구로동에서 개최하는 무역 박람회를 견학하는 장면이 보인다. 그 장면을 비교하여 보니 내가 고3 여름 방학 때 실습생으로 서울로 막 올라와 실습하던 때가 떠오른다. 실습기간 중 회사에서 노사분규가 일어나 실습생 보기가 민망하였는지 단체로 구로동 무역 박람회를 구경시켜 준 기억이 난다. 딱 사십삼 년 전 일이다.

인상에 남는 장면 중 하나는 자전거 한 대 없는 선유도에서 수학여행 온 학생들은 바퀴라고는 구경도 못한 채 일일이 섬에서 고생스럽게 몸으로만 짐을 나르고 있는 부모님이 생각나 서울에서 리어카 한 대를 장만하여 내려가자고 결정하는 부분이다. 그러나 학생들은 주머니를 털어 봤자 턱도 없었다. 그런데 종로초등학교 선생님인 황해의 주선으로 수학여행 도중 종로초등학교와 자매결연을 맺게 된다. 그 선물로 리어카를 받아 리어카에 구봉서를 태운 채로 끌고 다니며 수학여행차 올라온 학생들이 환호하는 모습이 나온다.

　초등학교 6학년 때 수학여행을 가려 하는데 당시 가세가 기울어 부모님이 수학여행을 보낼 수 없다고 하였다. 그러자 나는 꿈속에서 잠꼬대하는 식으로 수학여행 가는 것을 연출하였다. 그랬더니 그 소리를 들은 부모님은 내가 얼마나 수학여행을 가고 싶으면 잠꼬대까지 하겠나 하시며 수학여행을 보내 주었던 생각이 난다.

　사십삼 년이라는 세월 동안 참으로 세상이 많이도 변화되었다. 당시에 리어카 한 대가 섬사람들에게는 그렇게 큰 선물이 된 것이다. 이와 비교해 보니 시골 출신인 나에게는 서울에 최근에 장만한 신형 소나타가 한 대 있고 그나마 폐차 직전의 중고차라도 시골 안성에 차가 한 대 더 있으니 세상이 얼마나 좋아진 것일까?

　1970년쯤으로 기억된다. 당시 내가 잠시 근무하였던 마포 회사에서 사장 자가용(차 몸체가 낡아 구멍이 몇 개씩이나 나 있던 폭스바겐)을 운전하던 기사분 말씀이다. 어느 날 모 지점에 차를 몰고 와서 '사장님, 이만 가 보겠습니다.'라고 한마디만 하면 용돈을 두둑이 주겠다고 제안하는 사람이 있어 본의 아니게 횡재를 하였다는 말을 들었다. 그 시대는 다방에도 전화 기다리는 사장님들도 엄청 많았는데 지금 생각하면 일종의 사기인데 모두가 어렵게 살던 그 시절 흘러간 영화를 보면서 그때 그 시절이 떠오르고 그리워지는 것은 웬일일까. 나이를 먹다 보니 때로는 흘러간 옛날이 그리워진다.

　'젊은이는 희망에 살고 늙은이는 추억에 산다.'는 말이 새삼 떠오른다.

양주 한잔의 추억

1970년 당시 앳된 얼굴의 충청도 시골뜨기 총각이 서울 마포의 조그만 창호 회사에 초급 기술자로 어렵게 근무하던 시절의 이야기다. 중년 이상이면 기억하기도 싫은 대연각호텔의 화재는 청량리 대왕코너 화재와 함께 대형 화재로 기억되며, 많은 인명피해와 재산 피해를 가져왔던 재난이다. 지금은 망해 버렸지만 대왕코너 사장은 내가 다니던 회사에서는 큰 고객이었다.

대왕코너 사장의 성북동 자택을 신축하는 현장에 하자보수 차 일주일 동안 출장 나가 작업을 끝낸 마지막 날이었다. 이층에서 내려오는데 일 층 거실에는 많은 손님이 모여서 화려한 파티가 진행 중이었다. 파티를 주도하던 사장님은 나와 눈이 마주치자 양주병과 글라스를 쥐고 다가와, "조 기사, 그동안 수고 많았네! 술 한잔하지."라고 말하면서 유리잔의 삼 분지 일 정도가 차도록 양주를 직접 따라 주었기 빈속에 양주만 마실 수밖에 없었다. 연회석에는 난생처음 보는 음식으로 가득 차 있어 순간적으로 파티 장소에 모였던 손님들이 매우 부러웠다.

자취생활을 하며 고생하던 시절이므로 순간적으로 고급음식을 먹고 싶었다. 안주 없이 처음 접해 보는 색깔만 예쁜 양주를 잔에 받으면서 처음 받는 양주잔이므로 가득 채워 주지 않는 것을 기분 나쁘게 생각하면서 급히 들이마시었다. 그 순간 '왜 양주가 이렇게 독한 거지?'라는 생각과 함께 순간적으로 재채기까지 나오려는 것을 간신히 참았다.

집으로 가려고 신촌까지 시내버스를 타고 나와서, 신촌에서 서울의 서남쪽 끝자락인 구로구 항동까지 가려고 인천행 시외버스에 올라 좌석에 앉자마자 양주 한 잔에 취해서 곯아떨어졌다. 한참 만에 눈을 떠서 버스 차창 너머를 보니 시골 풍경이 나와야 하는데 평소에는 눈에 띄지 않던 빌딩들이 좌우로 휙휙 지나가는 모습만 보였다. 자세히 알아보니 버스는 서울 경계를 한참 지나 인천의 시가지를 신나게 달리고 있었다.

그 당시는 열두 시 이후는 통행금지제도가 있어 내려야 할 정류장을 한참 지나온 나는 급히 서울로 되돌아오는 택시를 타고 서울경계지점에서 허겁지겁 내릴 수밖에 없었다.

내 방은 구조상 주인아주머니가 대문을 열어 주어야 들어갈 수 있어서 항상 늦게 와도 주인아주머니가 잠을 안 자고 기다리므로 급한 마음에 지름길로 가려고 큰길이 아닌 논두렁길로 갔다. 가다 보니 캄캄한 밤중에 지름길을 잃어버려서 논에 빠져 철벅거리며 헤매다가 간신히 둑에 기어올랐다. 그때 둑 위 큰길가에 지나가던 사람이 한밤중에 둑에서 기어오르는 나의 모습이 이상하게 느꼈는지 물끄러미 서서 나를 내려다보고 있었다. 당시 그 지역은 신앙촌이 인접에 있었고 서해안도 가까워 가끔 간첩도 출몰하는 지역이라 마을 중간에 예비군 검문소도 있었다.

나를 내려 보던 사람은 바쁘게 걸어가는 나에게 따라붙어,

"빨랫비누 한 장 값이 얼마냐?"

"성냥 한 통이 얼마냐?" 하고 생활용품 가격에 대한 질문을 계속하므로 '이 사람이 나를 간첩으로 오인하고 있나?'라는 생각이 들었다.

"물어볼 것 있으면 검문소까지 가서 빨리빨리 물어보라."고 말하니 질문을 퍼부었던 행인의 말이 "간첩이라고 머리에 쓰여 있나?"라고 말하면서

계속 질문을 던지며 끈질기게 따라왔다. 그는 내가 살던 집 앞에서 주인아주머니가 문을 열어 주는 것을 물끄러미 쳐다본 후에야 떠났다.

지금 생각하면 '진짜 간첩이라면?'

오월이 되면 창문 넘어 아련히 보이던 신앙촌의 목장과 이슬비에 젖은 채 안개가 자욱하였던 초원이 눈에 떠오른다. 길 건너 구멍가게 집 딸인 달덩이 같은 여고생을 보고 혼자 가슴 설레던 추억도 생각난다.

당시 사십 세인 주인아주머니는 바람난 남편과 이혼하고 초등학생인 아들 두 명을 키우면서 조그만 옷가게를 하고 있었다. 저녁이 되면 마을 처녀들이 놀러 오기도 하여 가끔은 같이 끼어들어 함께 놀기도 하였다. 이따금 어린 아들이 매 맞는 소리도 들리기도 하였다.

아주머니는 가끔 내방에 들러 "총각 방 따뜻해" 하며 이부자리 밑을 만지고 나가시던 모습이 생각난다. 당시 주인아주머니는 한창 나이인데 여러 가지로 힘든 점이 많았을 것이다.

거주하는 집에서 항동 저수지를 지나면 경기화학에서 오류동 방향으로 화물전용 철로가 있어 지름길인 철길로 퇴근할 수밖에 없었다. 컴컴한 저녁나절이나 비 올 때 공동묘지 근처로 철로 침목을 밟으며 퇴근하는 발길이 불쌍하게 보였는지 경비초소의 예비군은 걷는 발길을 따라가면서 손전등을 비춰 주기도 하였다.

처음 객지 생활을 시작할 때 만났던 그때 그 사람들은 다 어디서 지금은 무엇을 하며 살고 있는지? 동네 토박이였던 주인집 아주머니, 시집 안 간 여동생과 두 아들, 길 건너 달덩이 같은 여고생, 같은 집 옆방에 살면서 싸움인지 장난인지 자주 하던 신접 부부와 일만 원만 저금하면 이자로 노후 대책이 된다는 말을 자주 하던 단칸방에 얹혀살며 백수이던 새댁의 동생.

같은 회사에 다닌 인연으로 전세방까지 소개하여 주고 이웃집에 일찌감치 살림까지 차려 아내가 배불뚝이나 군대 영장까지 나와 고민 중이던 직장 동료. 그는 부산 말씨로 손짓발짓을 써 가며 웃기고 말도 많았지. 그 직장 동료와 같이 살던 꼬방동네 사람들이 모두 그리워진다.

십여 년 전 아내와 함께 지나던 길에 안부를 물었더니 옛날 집은 덩그렇게 남아 있었다. 그때 그 시절 정 많던 사람들은 다 어디로 갔는지……. 그 시절의 사람들은 어떤 생각을 하며 살았을까?

서울시 공무원 시절 성북동 건축현장에 출장 간 기회에 오랜 기억을 더듬어 처음으로 양주 한잔을 얻어 마셨던 집을 찾아보았으나 집 자취를 찾을 수 없었다. 다시 찾은 항동의 하늘은 그때와 다름없이 공항 가는 비행기 소리만 요란하다. 가끔 양주 한잔을 앞에 놓고 비행기 소리까지 들으면 그때 그 시절이 생각난다.

북극해를 지나며

　9시간 전 LA를 떠난 비행기는 북극해를 지나 태평양 끝자락을 날고 있다. 도착시각을 1시간 30분 정도 남겨 놓았으니 아마 사할린이나 일본 홋카이도 상공이 아닌가 짐작된다. 비행기가 출발한 지 몇 시간 지나 창밖을 보니 하늘에는 북극성이 떠 있고 북극에 가까운 탓인지 동쪽 멀리 오로라와 겹쳐 동트는 모습도 보인다.

　창 아래로는 북극의 얼어붙은 바다가 끝없이 펼쳐지고 있다. LA에서 일요일인 새벽 1시 20분(현지시각)에 출발한 비행기는 날짜변경선을 넘어 인천공항에 월요일인 오전 7시(한국시각)에 도착할 예정이다. 도착하기 전 창밖의 검푸른 바다를 바라본다. 그동안 국제적으로는 동해를 일본해라고 표기되어 오다가, 이제는 동해와 일본해로 공동표기하기로 결정되고 그렇게 쓰고 있어서 다행이다. 앞으로는 '동해'로만 표기되기를 고대한다. 우리가 부르는 동중국해는 중국에서는 동해로 부르는데 인접지인 한반도 동쪽 바다도 동해로 명기한 우리 조상들의 근시안적인 사고로 세계화 시대를 맞은 후손이 고생하고 있는 것이 아닌지 잠시 생각해 본다.

　수만 년 전 우리의 옛 조상인 몽골리안은 연해주와 캄차카반도를 따라 이동하다가 베링 해협을 건너거나 점점이 연결된 쿠릴 열도를 지나 지금은 미국 땅인 알류샨 열도를 따라 징검다리 건너듯 알래스카에 상륙하였고 다시 로키산맥을 끼고 태평양 연안을 따라 움직이다가 멕시코의 유카탄반도를 지나 안데스산맥을 따라 이동하면서 신세계에 마야와 잉카문명

등 몽골리안 문화를 꽃피웠을 것이다.

기독교 문명을 앞세워 상륙한 백인들은 신대륙의 선주민(일명 인디언과 인디오)을 무자비하게 살육하고 보호구역 설치로 신천지는 백인 세상이 되었다. 백인들의 손과 발을 대신할 흑인 노예와 멕시칸 그리고 노예로 팔려 온 줄 모르고 아메리칸 드림을 타고 들어온 중국인, 한인들은 죽을 고생을 하다가 교육열 덕분에 2세부터는 미국을 이끌어 가는 세력 중 일부가 되었을 것이다.

자유민주주의와 지정학적인 요건으로 형성된 해방 이후의 미국 문화의 영향은 한인들을 신세계에 새로운 문화로 동참할 수 있는 계기가 되었다.

제대로 지원해 주지 못해서 장남의 9년간의 미국 생활은 지지부진하게 보였다. 그런데 내가 방문해 보니, 아들은 새 보금자리 찾아 웅비할 수 있는 직장에서 활기차게 일하는 모습을 보여 주고 있었다. 그것을 보니 새삼 흐뭇하기만 하다. 아들 말에 의하면 LA 의류 시장은 동대문의 10배가 넘으며 하와이로부터도 주문이 들어온다는 말을 듣고 보니 과연 너른 세상인 것을 실감한다.

사회 초년병 시절 직장 생활의 어려움을 부친에게 편지로 호소하면 '그러면 내려오라.'는 말을 들었다. 고향으로 내려가면 조그마한 소매상을 운영하는 부친을 도와서 할 일이 없다는 생각 끝에 객지에서 어려움을 견디어 내었던 일이 생각난다. 몇 달 전 만 하여도 아들로부터 거금의 사업자금을 보내 달라는 말을 듣고 형편이 되지 않아서 거절할 수밖에 없었는데.

얼마 전『부아기정赴俄記程』이란 제목의 글을 읽었다. 조선말 고종의 명을 받아 러시아의 니콜라이 2세의 대관식에 참석하러 가는 과정을 기록한 역관 김득련의 일기체 글이다. 글 중에 1896년 4월 1일 인천항을 떠나 그

해 10월 21일 돌아올 때까지 내용 중에는 일본에서 태평양을 배로 15일이 걸려 미국을 횡단, 대서양을 건너 유럽을 거쳐서 막상 대관식에 참여하려 하였으나 실내에서는 서양 예의상 모자를 벗어야 하는데 갓을 쓴 자신들은 조선의 예의상 실내에서 갓을 벗을 수도 없어 갑론을박하다가 막상 대관식에 참여하지도 못하고 돌아오는 내용이 있었다.

체면 문화를 생각하면서 반나절이면 태평양을 건널 수 있는 지금, 대다수 LA의 한인들은 미국 문화에 편승하여 나이가 들어도 일을 하고 있는데 환갑만 넘으면 일자리 찾기 어려운 우리나라의 현실을 돌아본다.

디지털로 무장하고 인내와 끈기 그리고 부지런한 신세대 몽골리안들이 예전에 아메리카 대륙을 평정하듯 미국 사회에 파고들면 새로운 아메리칸 드림을 펼칠 수 있다고 상상해 본다.

보도 위 낙엽을 보면서

입동을 지난 늦가을. 날씨는 스산하기만 한데 더구나 흐린 날에 바람까지 부니 마음은 점차 움츠러들기만 한다.

여의도 강변으로 운동차 나왔다. 갈아탈 버스를 기다리다가 여러 모양새와 색깔이 다른 낙엽이 뒤엉켜 바람에 이리 저리로 쓸려 다니는 모습이 마치 마지막으로 가야 할 자리를 잃어버리고 동가식서가숙하는 모양새와 유사하다. 은행 열매의 냄새까지 겹쳐 여러 사람의 코를 불편하게 한다.

자세히 보니 벚나무, 느티나무, 은수원사시나무, 은행나무 낙엽 등 여러 가지다. 벚나무 낙엽을 보면서 한때는 여의도 벚꽃 축전 때 황홀하게 꽃과 함께 뭇사람의 사랑을 흠뻑 받던 일이 떠오른다. 느티나무와 은행나무잎도 더불어 뜨거운 한여름에 그늘을 만들어 많은 사람이 즐겨 찾은 지가 엊그제 같은데.

은행과 단풍나무잎은 생김새가 귀족다워 여러 사람으로부터 사랑을 받았던 나무다. 예전에는 뭇 소녀의 손에 옮겨져 책갈피나 연서 사이에 끼워져서 나름대로 아름다운 기억을 더듬게 하였다. 어머니 손에 오른 낙엽은 겨울을 준비하는 문풍지 사이에 넣어져서 운치를 더했는데.

유리와 시멘트벽, 스마트폰 사이로 과연 낙엽이 들어설 자리가 있을까 생각해 본다.

일 년의 막바지에 이렇게 고운 색이나 칙칙한 색 등 여러 가지 모양새를 갖추고 마치 할 일을 다 한 양 떨어지는 낙엽을 바라보면 인생도 낙엽을 닮았다.

시골의 나뭇잎은 떨어지면서도 그래도 한몫을 한다. 산중의 낙엽은 조용히 자기의 발밑으로 떨구어 후세를 위한 거름 구실을 하고 들녘의 낙엽은 농부의 손에 이끌려 퇴비가 되었다가 곡식을 가꾸는 데 일조하지 않는가.

어차피 바람 불고 추워지면 떨어지기 마련인데 사람의 운명도 문명의 이기로 인공호흡과 산소 호흡기 등 각종 약물로 주변 사람에게 폐를 끼쳐가면서 약간의 수명을 연장하는 것이 과연 바람직한 것인지. 보호자 또한 살아 있을 때는 소홀히 하다가 수명이 다한 사람의 명복을 빌기보다는 사회적인 체면이나 돈벌이 수단으로 악용하는 수단도 많다.

장례식도 그 지역의 환경이나 생태를 고려하고 죽어서도 이바지하는 티베트 지역의 조장鳥葬이나 흔적을 남기지 않고 자연에 기여하는 수목장樹木葬은 시골낙엽과 닮아 보인다.

호랑이는 가죽을 남기고 사람은 이름을 남긴다는데…….

자기관리를 못 하였거나 어쩔 수 없는 사연으로 나이 먹어서도 뭇사람이 피하고 이리저리 떠도는 인생 또한 보도 위에서 떠도는 낙엽과 무엇이 다르랴?

그래도 마지막 생을 다할 때까지 좋은 기억 남기면서 고운 색깔로 조용히 발목에 떨어져 후세들에게 한몫하는 낙엽과 같이 되고 싶다.

자연산이 좋은 이유

장마는 내 일상을 융통성 있게 바꿔 놓고 있다.

기독교도는 6일간 열심히 일하고 7일째 되는 주말은 안식일로 정하여 쉬게 되어 있지만 야외에서 일하는 농부나 건설 노동자는 날씨에 따라 하루 일과가 정해지는 경우가 많다.

초등학교 시절만 하여도 비 오는 날은 공치는 날이라는 노래 가사까지 떠오르는 것을 보면 단순 노동할 일자리마저 부족하던 시절은 쉬는 날이 많으면 그만큼 삶이 어려웠다고 생각할 수 있다.

요즈음에는 단순노동 불규칙한 일자리를 기피하고 질 좋은 일자리를 찾다 보니 계속 양질의 일자리가 부족하다. 농부도 계절 일기와 무관하게 비닐하우스에서 일할 수 있어 농산물 생산도 늘어나고 야외나 실내에서 할 수 있는 일도 많아지고 있다. 사람보다 기계가 하는 일도 늘어나고 있어 외형상으로는 일자리가 늘어나는 것 같으나 전체적으로는 일자리가 줄어들어 취업과 관련된 문제는 끝이 없을 것이라는 생각도 해 본다.

일과 여가를 중요시하는 요즈음에는 쉬는 날이 많으면 파생적으로 휴일과 관광지에서 할 수 있는 일이 늘어나 새로운 일자리가 창출하는 효과도 있다.

나의 일상도 텃밭 가꾸기와 야외운동이 주로 많아 요즈음 같은 장마 기간에는 그동안 미루어 놓은 일을 정리하거나 새로운 정보를 얻는 일로 활용하고 있다. 시골에 거주하는 사람이면 살고 있는 지역의 정보만 알고 있어도 불편이 없다. 하지만 시골과 서울을 오가며 생활하다 보니 비 오는 날이면 서울 지역에서 농자재와 씨앗을 팔고 있는 종로3~5가 약재나 특이한 농산물을 거래하는 경동시장을 들러보곤 한다.

오늘은 장마철이지만 가끔 햇볕도 나고 이따금 가랑비가 내리는 날이므로 하루 계획을 세웠다. 잔병 치료차 병원에 들렀다가, 16년 동안 사용한 프린스 차를 폐차시키려다 시골에서만 운행하게 된 이 자동차의 부품을 장한평에서 구입하고, 귀갓길에 종로에 들러 가을 김장용 씨앗을 구매하기로 하였다.

태어나서 63년 된 사람의 치료용 약복용이나 16년 된 자동차가 필요로 하는 부품을 구하러 다니면서 여러 가지 생각이 떠오른다. 오래 사용하다 보면 낡고 고장 나는 것이 많아 할 수 없이 계속 사용하려니 재수선과 수리도 함께 해 주어야 하는데 갈수록 이런 일이 자주 일어난다.

사람의 건강은 유지관리를 잘하고 경제적인 능력만 있으면 현대의학으로 치료 가능한 부분이 점차로 늘어나고 있다. 그러나 심장이 작동하지 않으면 폐기 처분할 수밖에 없고 치매가 오면 사고할 능력이 없다 보니 정신적으로 맑게 살아 있는 상태가 아니므로 어쩔 수 없이 주변 사람에게 폐를 끼칠 수밖에 없을 것이다.

차 부품을 바꾸어 주다 보면 차량 운행으로 얻는 이익보다 보수비용이 더 들어가면 폐차 처리할 수밖에 없으나 사람의 생명은 인류과 도덕적인 면까지 생각하므로 본인의 의사와 상관없이 수명이 연장되는 경우도 많다.

귀갓길에 시간이 남아 고향 후배가 경영하는 종로 종묘상에 들렀다. 김장용 무씨와 당근 씨앗을 구매하다 가게 앞 전면에 진열되어 화분에 정성스럽게 심어져 있는 쇠비름과 개똥쑥을 보고 새삼스럽게 놀라지 않을 수 없었다.

　아니 불과 일주일 전에도 아내와 텃밭에 들러 열심히 잡초 제거를 하면서 고구마밭 고랑에 수없이 자리 잡아 열심히 줄기를 뻗치며 기세 확장 중인 쇠비름을 무더기로 뽑아 퇴비로 쌓아 놓았는데 이곳 종로 한복판에서는 그런 쇠비름을 정성스럽게 화분에 심어져서 구매자를 기다리고 있었으니.

　쇠비름은 채송화와 선인장의 중간쯤 되어 보이는 잡초로 잎과 줄기가 도톰하여 수많은 수분을 낙타처럼 자체 저장하여 웬만하여서는 뽑아내어도 말라 죽지도 않거니와 어느 곳이든 흙이나 수분에 닿기만 하면 쉽게 되살아나는 생명력이 끈질긴 식물이다.

　방송 〈인간극장〉에 나오는 쇠비름나물 이야기가 생각난다. 강원도의 비수구미 마을의 원주민 식당에서는 등산객이 즐겨 찾는 산나물의 하나라면서 암 예방에 좋다며 쇠비름을 나물로 무쳐 먹는 것을 보았다. 고구마밭에서 기생하고 있는 무성한 쇠비름은 나에게는 한낮 잡초일 뿐인데 이곳에서는 이렇게 귀한 대접을 받고 있었으니.

　개똥쑥도 화분에 심어 같은 대접을 받고 있었다. 개똥쑥은 나에게도 많은 흥미를 제공하고 있다. 몇 년 전 양평요양원에 암 말기 환자인 지인을 문병 갔을 때 같이 동행하였던 문인회장은 암 예방성분이 1,200배나 들어 있는 개똥쑥 한 상자를 택배로 보내주겠다고 했다. 이 말을 들은 후 개똥쑥은 자연 나의 머릿속에 좋은 약초로 입력되었다. 요즘에는 신문광고 지면에도 건강식품으로 자주 등장하기도 한다.

　며칠 전에는 농협에 다니는 사촌 처남 아이 돌잔치에 갔다가 냉장고에 보관 중인 개똥쑥 달인 물을 시원하게 시음하는 기회가 있었다.

종로에서 개똥쑥 씨앗을 사려다가 문득 시골에서 농부에게 물어보면 분명 그곳에도 자생하는 개똥쑥이 있을 것이라 판단하고 구매를 미루었다.

방송 내용 중에는 말기 암 환자들이 민간요법으로 시골에서 자생하는 약초로 암을 고치는 내용이 이따금씩 나오는데 약초 자체의 성분보다는 시골에서 생활하다 보면 생존의 방편인 맑은 물과 공기 그리고 도시의 삶 때문에 어쩔 수 없이 받아야 하는 사람과의 스트레스와 멀어지다 보면 암이 자연스럽게 치료되지 않았나 생각해 본다.

여러 해 동안 농작물을 경작하면서 바로 이거다 싶어 기획 상품으로 뚱딴지 감자(일명 돼지감자)를 대량 수확하려고 3년 전부터 매년 수확한 것을 확장 파종 중에 있다. 시골에서는 성장에 좋은 환경을 조성하지 않아도 끈기 있게 자생하고 있는 수많은 잡초들을 관찰하다 보면 그 기질대로 암세포를 죽일 수 있는 식물의 종류가 많을 것이라고 생각해 본다.

갑자기 중병으로 병원에 입원한 지인과 통화하면서 들은 내용 중에는 본인은 요즘 개똥쑥 달인 물을 장기간 복용한다면서 신문 지상에 좋다는 내용이 오르내리다 보니 경동시장의 개똥쑥 가격이 배로 뛰었다고도 말한다.

뉴스에 한 번 오르내렸다 하면 그럴 수도 있다고도 생각되지만 이러다가 공기 좋은 곳에서 성장하였다고 지금은 인기 없는 시골 처녀, 총각까지 자연산이라면서 선호하는 세상이 되지 않을까?

홍대입구와 영종도

얼마 전 나와 처지가 비슷한 동창생과 영종도를 찾았다.

동네 뒷산이나 가자던 친구와 색다른 곳을 찾다가 영종도를 선택한 것이다. 서울의 매력은 사통팔달로 펼쳐진 교통망이다. 인접에 북한산이 있어 약수터에서 목을 축일 수 있으며 가볍게 산책할 수 있는 동산, 불광천 산책로를 따라가다 보면 월드컵공원과 이어서 한강 둔치가 나오고 전철만 타면 바다도 볼 수 있다.

친구는 월남 참전 용사로 고엽제 피해를 입은 원호대상자다. 정부 혜택 중 전철은 공짜이고 기차와 비행기는 반값이란다.

취직 자리를 알아봐야 되지 않느냐는 나의 말에 그저 이달만은 푹 쉬고 싶다고 말한다. 십여 년 전 공장이 파산 후 동생이 경영하는 사업장에서 제수씨의 잔소리를 들으면서 가장으로서 십여 년 동안 인고의 세월을 견뎌 온 친구의 심정을 이해할 만하다.

친구는 나와 공통점이 같아 요즘 들어 나를 자주 찾는 편이다. 요즘은 삼한사온이 온데간데없고 추위가 계속되는 날에는 밖에서 할 일이 없어도 체력단련을 위한 운동은 계속하여야 하는데 친구는 무임승차로 전철을 주로 이용하려고 한다.

은평구는 강북의 서쪽에 있어 그동안 많이 소외되었던 지역이었으나 그나마 월드컵 경기장이 있어 사람이 많이 왕래하고 있고, 공항철도 개통으로 남서쪽에 있는 김포공항이나 인천공항 방향으로 접근성이 매우 좋아졌다.

김포공항을 수색역에서 한 정거장에 갈 수도 있어, 전에는 상상도 못 하였다. 60년대 말 외국인이 김포공항에서 처음 접하는 서울 가는 길은 꽤 시간이 걸렸다. 그래도 공항 가는 길은 경인고속도로. 이는 경부고속도로가 건설되기 전이므로 짧은 구간이나마 최초로 고속도로로 건설한 구간이다.

당시 그 길을 버스로 질주할 때의 속도감은 대단했다.

새로 개통된 경인운하를 바라보면서 영종대교를 건넜다. 마침 썰물 때라 바닷물이 밀려난 갯벌은 멀리까지 끝없이 연결되어 있고 갯벌이 끝나는 지점에는 논과 밭이며 야트막한 동산과 연결된 제법 높은 산은 아마 강화도의 마니산으로 추정된다. 호남의 넓은 평야가 따로 없다.

'갯벌을 막으면 전부 논이 될 텐데…….' 친구의 한마디다.

그러나 지금은 절박하게 갯벌을 개발할 필요성을 느끼지 못하는 시대가되었다. 식량 자급도가 27%밖에 되지 않는 나라. 지금은 수출이 잘되어 식량을 싸게 들여와 농지의 중요성을 모르고 살지만 냉혹한 국제 경쟁 시대에 언제 곡물 메이저와 강대국이 식량을 무기화할지 모른다.

개발로 환경 피해도 문제이지만 쌀이 남아돌아 풍년이 들어도 농정 당국은 머리가 아픈 시대다. 어릴 적 어른들의 말씀이 생각난다. 목숨을 잃는 대형사고가 나면 동네 사람들은 '쯧쯧, 쌀값 떨어지겠군.' 하곤 한마디 하였다. 외화가 없으니 별도로 쌀을 수입해 올 수도 없는 시대였다.

청년 시절에 『1만 년 후』라는 어느 정책 입안자가 쓴 세계여행기를 읽었다. 그 내용 중에 우리나라는 갯벌과 대륙붕, 해안가에 수많은 산들이 연결되어 있어 서해안 쪽으로 국토를 확장하기 좋은 나라라며 네덜란드와 같은 나라는 100여 m도 안 되는 작은 야산도 별로 없어 간척용 토사를 스웨덴에서 수입하여 토사를 적게 쓰기 위하여 바다 쪽의 방죽도 콘크리트 옹벽으로 축조한다는 글을 읽었다. 우리나라는 산이 많은 나라이므로 다행이라고 생각한 적도 있으나 지금은 경제 영토가 넓어져야 한다고 말한다.

환경오염으로 인한 온난화로 해수면 상승으로 해안가가 침수되는 등. 복합적인 문제를 모두 참고하여야 하는 시대가 되었으니 참으로 정책 수립하기가 어려울 것이라는 생각이 든다.

인천공항은 규모나 세련된 디자인, 기능적인 면으로 극찬을 받고 있는 허브공항이다. 영종影從이라는 이름이 예견된 것과 같이 지명을 지을 때부터 우리 선조는 미래에 큰 비행장이 들어서는 것을 미리 예견하였다 한다. 옛 선조들의 지혜가 엿보인다.

용유도 해수욕장으로 가는 출구를 찾으려고 한참을 헤맬 정도로 공항 내부의 규모에 놀라지 않을 수 없다. 영종도 공항은 제일 큰 섬인 영종도를 기점으로 만들어졌고 용유도, 무의도, 삼목도를 연결하여 공항 지원시설과 배후 도시가 형성되어 그 큰 규모에 놀라지 않을 수가 없다.

을왕리해수욕장행 버스에 올랐다. 딸아이가 두어 살 때 일이다. 인천 연안부두에서 배를 타고 을왕리해수욕장을 찾았을 때는 8월 초이므로 햇볕이 머리 위를 직선으로 내리쪼일 때였다. 1박하고 돌아가는 길에 고생하던 생각이 난다. 물을 갈아 마신 딸은 설사를 계속하고 배는 오지 않아 뙤약볕에 배표를 구하려고 줄 서서 몇 시간을 기다리던 생각과 간신히 육지에 닿았을 때의 안도감. 그날 이후로 다리가 놓인 섬을 제외하고 섬 지역으로 배를 타고 가는 여행을 하지 않았다.

물이 빠져나간 백사장은 볼 만하다. 백사장풍경은 수천 년을 계속하여 이런 모습으로 존재하였을 것이다.

아낙네 한 분이 갯가에서 등짐을 지고 나오는 것을 가까이 다가가서 보니 까지 않은 굴을 한 짐 지고 나온다. 백사장을 가로질러 바윗가로 가 보니 사람들이 몰려들어 갯바위에 붙은 굴을 따고 있다. 마침 등산용 칼이 있어 굴을 몇 개 따 입안에 넣어본다. 막 딴 굴이라서 그런지 알갱이에서 갯벌 냄새가 난다.

어느새 바닷물이 밀물에서 썰물로 바뀌면서 파도칠 때마다 바닷물을 물끄러미 바라보던 친구는 파도가 한 번은 짧게, 한 번은 길게 치면서 밀물이 앞으로 점점 다가온다고 말한다. 문득 영화 〈혹성탈출〉의 마지막 장면 중 주인공과 이곳에 잡혀 있던 원주민 여성이 같이 말을 타고 백사장을 가로지르는 장면이 떠오른다.

그동안 이곳은 수만 년 동안 큰 변화 없이 파도가 넘나들었을 것이다.

큰 변화가 없는 바다 그런 바다의 신선함에 비하여 언덕을 하나 넘으니 백사장과 언덕 야산 가까이까지 형식적으로 지어진 조립식 건물과 인적 없는 황량한 벌판이 보인다. ○○펜션이라는 간판의 글귀는 보여 자세히 건물을 살펴보니 개발 때 한몫의 보상을 노리고 지은 건물들뿐이다.

마침 굴을 따서 막 나오는 할머니를 운 좋게 만났다. 할머니와 대화 중 이곳은 정부에서 수출자유지역으로 지정한 땅이라 정부에서 개발하지 않으므로 모 재벌이 요트장으로 개발하려고 준비 중이라며 대부분의 건물은 아마 보상금을 타 먹으려고 임시로 지은 건물일 것이라는 이야기다. 인간의 탐욕과 태곳적부터 내려오는 자연의 순수함이 함께 공존하는 지역임을 실감하고 혼자 씁쓸한 기분을 느꼈다.

할머님으로부터 만 원어치 자연산 굴을 산후 공항으로 이동했다. 걷다가 조금씩 쉬기도 하면서 그런대로 두어 시간 운동을 한 셈이다. 마음먹고 산행을 할 때보다 개운치 않아도 그런대로 구경 한번 잘했다.

박 사장과의 약속 시간을 맞추려고 집에 들렀다가 다시 나올 수도 없어 부랴부랴 홍대입구행 버스를 탔다. 박 사장으로부터 나를 초대한 사연을 들어 보니 오전에 빵집에서 시간제로 일하는 아가씨가 그동안 학원에서 연습했던 춤 공연을 하는데 초청을 받았다고 한다.

공연장은 홍대 앞에서는 그런대로 유명해진 '상상마당'이라는 건물인데 공연장은 지하에 있었다. 그곳으로 내려가서 처음 느낀 점은 그곳은 그동 안 내가 살아온 세상과는 전혀 다른 세상에서 사는 수많은 젊은이들을 보았다는 사실이다.

팸플릿을 한 장 집어 들었다. 〈별이 되기 위한 시작〉 24회 졸업을 기념 하는 무대다. 이곳에서 공연되고 있는 내용은 나의 젊은 시절에 본 공연과 비교하면 너무나 내용에 차이가 있었다. K-pop과 소녀시대와 같은 공연 을 이곳에서 접하게 되다니,

기성세대의 노래가 대부분 혼자서 끝까지 부르는 노래인데 지금 무대 앞에서 전개되고 있는 춤과 노래는 각자의 역할 분담이 다르고 그때그때 순간적으로 노래하는 것이 차이가 나면서 그런대로 묘하고 자연스럽게 하모니를 이룬다. 처음에는 이해가 안 되는 부분도 있었으나 보고 듣기에 따라 부분적인 합창과 같은 멜로디다.

참으로 멋진 율동과 각기 다른 장면을 감상하면서 앞으로 몇십 년이 지 나면 기성세대가 좋아하던 노래는 박물관에 가서야 찾을 수 있을지 모른 다는 생각이 들었다. 너무나 바쁘게 변한 세월이다. 한편 세대 간의 단절 도 되지 않을까 생각도 든다.

'별이 되기 위한 시작'이라는 글귀와 같이 과연 얼마나 많은 청년들이 이곳에서 새로운 역사를 쓰려고 노력했을까.

'저 하늘의 별같이 멀리 있고 쉽게 따라잡기도 어려운 별.'

얼마나 많은 청소년들이 그 별을 따기 위하여 몸부림을 쳤을까 생각해 본다.

얼마 떨어지지 않은 영종도와 홍대입구를 비교해 본다. 수만 년 동안 변화가 없었던 해안가. 그리고 섬 한편에선 첨단을 향한 새로운 변화를 계속 추구하고 있는 곳. 요즘 세계적인 인기 속에 전에는 젊은이들의 알아듣지도 못하는 낱말을 읊조리고 있는 서양음악 원조인 pop song이 어떻게 K-pop이라는 우리나라 고유의 상표를 달고 세계를 누빌 것이라고 생각이나 해 보았겠는가?

변화를 추구하는 계층과 호흡을 맞추면서 같이 살아갈 수 있는 방법이란 소통하면서 먼 미래를 생각하며 지구촌을 함께 끌고 가야 할 것이라고 생각해 본다.

산속 빈집의 흔적을 보면서

　강원도 영월 쪽으로 시산제를 간다는 연락을 받은 후 평소의 산행보다 조금 부담을 느꼈다.

　보통 시산제는 1시간 내외로 산길을 오르다가 산제 지내기 좋은 위치에 돼지머리를 중심으로 고사떡과 홍동백서나 조율반시로 음식을 차려 놓고 산제와 관련된 축문을 읽는다. 회장을 선두로 돼지머리에 지폐를 끼운 후 막걸리 한 잔을 올리는 것을 시작으로 시산제 행사를 시작하는 것이 보통이다. 이번에 따라온 산악회의 시산제는 처음 참석하는 행사라서 상황 판단하기가 어려웠다.

　체면을 생각하면 다른 사람과 비교해서 제수용 축의금을 얼마나 내야 하는지 조율하기가 어렵기에 고민을 하며 참여하였으나 일행 중 참여한 공무원 선배와 대화로써 수월하게 해결할 수 있었다.

　구룡산을 오르다 보니 정상까지는 4.5km이고 높이는 955m로 산행에는 별 무리가 없을 것으로 판단되었다. 산행을 시작한 지 30여 분이 되니 넓은 개활지가 보이면서 옛적 밭으로 경작하던 부분인지 여기저기에 계단식 돌을 쌓아 밭을 만든 흔적이 보이기 시작한다. 조금 더 나아가니 동그마니 무너진 초가집이 보이고 조금 떨어진 지점에 재래식 화장실인지 아니면 토종닭을 키운 흔적이 보인다. 초가집 한쪽은 흙벽 일부가 내려앉아 을씨년스럽기만 하다. 집 뒤란에는 장독 항아리가 옆으로 나뒹군 상태로 철사줄로 동여맨 흔적까지 있는 것으로 보아 아마 조금 금이 간 것을 더 이상 파괴되는 것을 방지하기 위한 것 같다. 마당과 텃밭으로 사용한 것으로 보이는 장소에는 버드나무며 싸리 등이 자라고 있는 것을 보면 집주인이 이곳을 등진 지 10여 년은 훌쩍 넘은 것 같다. 집을 보고 나름대로 상상을 해 보았다.

　도시의 삶이 그렇듯 이 사람 저 사람에게 이용당하고 버림받은 끝에 이곳으로 왔는지. 아니면 화전으로 이곳에서 농사지으면서 근근이 끼니를 연명하며 살았는지. 어쩌면 박경리 소설『토지』의 한 장면에서 서희의 어머니와 지리산으로 줄행랑친 머슴과 같은 처지의 사람 단둘이 정착하여 저녁에는 발을 씻겨 주며 반상의 계급을 떠나 나름대로 행복한 삶을 시작한 터전은 아닌지? 어쩌면 대원군 시대에 천주교 박해를 피해서 깊은 산속으로 피난 온 천주교인일까?

　영월이라는 지명을 생각하면 먼저 자연 상태로 오염되지 않고 굴곡이 많아 래프팅도 할 수 있는 동강이나 단종이 유배되어 왔던 청룡포가 우선 생각나는 것이 단종이 유배되어 온 지역이면 산세가 험하여 옛적에는 생활하기가 매우 어려웠을 것이다.

　사람이 만든 인공구조물은 사용하지 않으면 자연 상태로 돌아간다고 한다. 연어와 사람도 늙으면 고향을 찾는 것과는 다른 차원이란 생각을 해 본다.

　쓰러진 집을 바라보면서 동행 중인 지인과 대화를 나눴다. 이 집에서 살던 사람도 자식 낳아 키우면서 아기자기한 삶을 살다가, 무슨 연유로 이곳을 떠날 수밖에 없는 사정과 도시로 나갔다면 과연 지금까지 삶을 이어 오고 있을까. 도시에 사는 이곳의 후손들은 팍팍한 도시의 삶을 팽개치고 다시 시골로 회귀를 희망하며 사는지도 모른다.

　필리핀의 한가한 어촌에서 부자와 가난한 어부와의 대화가 생각난다. 부자는 열심히 일하여 돈을 벌라고 가난한 어부에게 말하지만 가난한 어부의 대답은 '부자들은 노후의 전원생활을 위하여 열심히 일하지만 어부는 이미 여유로운 전원생활을 즐기고 있노라.' 말한다.

영화 〈건축학개론〉을 보고

평생직장인 건축과의 인연은 호구지책의 결과였다. 당시에 최고의 직장인 한전에 취직하려고 1차로 전기과를 지망하였다가 실력 차이로 제2지망인 건축과로 배정된 것이다.

부모님을 비롯한 주변 지인들도 목수와 같은 그저 집 짓는 직업으로 알고 있었고 나와 단짝인 동창생은 건축과 배정이 마음에 들지 않는다며 학업을 포기하였는데 십여 년 후에 만난 동창생은 당시의 판단을 후회하고 있었다. 산업시대 중간지점인 70년대부터 건축 관련 사업이 월남과 중동 붐을 타고 황금알을 가져올 줄 누구 하나 짐작할 수 있었을까?

지도교사는 건축은 의식주衣食住의 한 부분으로 대단히 중요한 기술임을 강조하였으나 당시에는 섬유산업이 수출을 주도하였고 안정된 직장에 취직하는 것이 최고의 목표였다.

35년 동안 건축 행정 공무원으로 직간접으로 건축과 관련되는 일을 하면서 지상에 세워지는 모든 것이 건축물임을 확인시켜 주는 계기가 되었다. 먹고 입는 것이 충족되면서 여유 자금이 부동산으로 유입되어 국내와 국외공사로 건축에 종사하는 대다수 사람에게 부를 안겨 주었다. 소액이나마 부동산 투자에 편승하다 보니 집안의 경제적인 어려움을 직간접으로 타개하는 등 부모님 봉양과 가게에 많은 도움이 되었다.

얼마 전 〈건축학개론〉이라는 영화가 인기 있다는 소문을 듣고 한가한 평일 낮 시간대에 영화를 관람하게 되었다. 요즘 들어 외국인 관광객이 많이 몰려들고 투자도 많이 하는 제주도 바닷가의 기존 2층 주택을 리모델링하면서 건축주인 옛 애인과 공사 책임자인 건축기사가 공사를 진행하면서 운명상 제한된 범위 내에서 재회의 기쁨을 나누는 내용이다. 바다가 보이는 해변 저택만 보아도 대다수 사람의 로망이 반영되었다는 생각이 들었다. 더구나 환상적인 제주도에서.

글 쓰는 것은 혼자서 자신의 능력으로 끝낼 수도 있지만, 평소에 소망하면서 마음속에 그리던 건축을 하려면 금전적인 여유와 시간 및 기타 여러 부대조건이 맞아야 하고 운도 따라 줘야 한다. 대부분 건축기사도 남의 건물은 잘 지어 주면서도 자기가 사는 집은 보잘것없는 집에 사는 경우가 허다하다. 과연 본인이 소망대로 집을 지을 수 있는 행운을 가진 건축인은 얼마나 되겠는가.

퇴직 후 들렀던 모 건축사의 방에서 월간 『SPACE』(공간) 건축 잡지를 발견하고 정기구독 여부를 물었더니 새 책을 구매할 비용을 줄이려고 헌책을 사 보고 있다고 말했다. 얼마 전 아내의 성화에 못 견뎌 2층에 수없이 널려진 책을 정리하는 과정에서 현직 시절 매달 '공간건축사무소'에서 보내 준 『SPACE』 잡지를 모두 버린 것이 후회된다. 책을 버릴 때의 짧은 생각은 '과연 이 나이에 다시 건축을 시작할 수 있을까?'란 생각만 하였는데. 우리나라에서 30여 년 넘게 발행한 유일한 건축 잡지로 편집자의 전문성이 깊게 배어 있는 만큼 새삼 미련이 남는다.

문학을 하면서 책 한 권이 발행되기까지 저자의 참으로 많은 고뇌와 땀의 결정체의 결과임을 느꼈다. 오래된 한옥과 된장, 한식문화가 주목을 받는 것은 잘 익은 된장처럼 오랜 역사를 두고 만드는 사람의 손때가 묻어 시간을 두고 숙성되었기 때문이 아닐까 생각해 본다.

대다수 사람은 60 전후에 직장에서 은퇴하여야 하므로 건축에 대한 자아를 펼치고 싶어도 정신적으로는 성장하는 데 반하여 경제적으로는 내리막길을 걷는 시기이므로 실행하기에는 어려워지는 것 같다.

좋은 글이 되기까지에는 수없이 다듬어야 하는 것과 같이 건축도 공통된 점이 많다. 글은 수시로 사고도 하면서 수정할 수도 있지만 건축은 완벽하게 설계를 하여도 공사 중에 수정할 사안이 발생하며 다시 설계 변경을 하여야 하고 변경으로 인하여 무시할 수 없는 비용이 추가되고 완공된후 잘못된 것을 알아도 어쩔 수 없이 지켜보며 살아야 한다.

나름대로 완벽하게 완공한 건물도 계속 새로운 것을 요구하며 나날이변하는 시대상과 인간의 욕구를 보완할 요량으로 때로는 건축 설계할 때증축할 대지 일부를 공간으로 남겨 놓기도 한다.

오죽하였으면 모 대학 건축학 전문 교수가 일 년 이상 걸리는 자기 집을열 차례 이상 지으면서도 셀 수 없이 뜯어고쳤다고 하니 다른 분야와 마찬가지로 건축도 알면 알수록 어렵기만 하다. 대부분 건축인들은 도시의 특성상 어쩔 수 없이 아파트와 공동주택에 거주하며 자아를 실현하지 못하며 살고 있다. 시골에도 대부분이 공사비가 저렴하고 화재에 취약한 샌드위치 건물로 채워지고 있다. 대다수 사람은 자기들이 살고 싶은 건물을 머릿속에만 새기면서 기회가 올 날을 그리며 살고 있는데 나 자신도 과연 이생을 다하기 전에 잠재의식만으로 남아 있는 멋진 집을 지을 날이 과연 올수 있을까.

농부 이 선생님의 가르침

"칼로 이렇게 베어 내고 원목과 대목을 수액이 통하는 자리인 껍질 부분을 잘 맞추어서 비닐로 감으면 됩니다. 대목 끝부분은 수액이 새지 않도록 막아 줘야 하는데 농약 파는 곳에서 구입하여 바르면 되고요. 요즈음은 아주머니들도 접을 잘 붙이는데 배워서 하면 다 되지요."

"선생님, 수고비를 드릴 테니 함께 농장에 가서 접을 붙여 주실 수 없나요?"

나의 간청에도 별거 아니라면서 배워서 하면 된다면서 이 선생님은 거봉 포도나무 아래서 전지작업을 중단한 채 설명이 계속되었고 나는 시각과 촉각을 총동원하여 설명을 들었다.

"나무 싹이 막 올라오는 지금이 적기야. 그러나 웬만하면 접붙인 감나무를 구매하여 심는 것이 가장 좋은데."

복숭아나무는 7, 8월경에 눈접으로도 가능하다면서 접목에 성공한 복숭아 묘목까지 보여 주어 한여름에도 눈접을 붙일 수 있다는 것도 알았다.

강의가 끝난 시점이 점심때이므로 같이 식사하자고 청하였으나 집에 가서 먹으면 된다면서 접붙이기 시범을 보여 주신 이 선생님의 모습은 평생 농부의 농심 그대로다.

오죽하면 과일나무 접붙이는 방법을 배우려고 몇 년 전에 배꽃 피는 날 지인 한 분이 접붙이는 친구 농장에 간다기에 한 수 배운다고 따라가 보았다. 자원봉사자들이 많이 모여 배나무 수꽃과 암꽃의 꽃가루받이하는 것을 나무 접붙이기하는 것으로 알고 점심만 먹고 시간 봉사하다가 약속 때문에 귀경하였는데 미안하게도 가을날 배 한 상자를 택배로 받은 사례도 있었다.

농부 이 선생님과는 20여 년에 걸친 인연이 있다. 처음 장만한 중리동 산으로 진입하는 농로 옆에서 거봉 포도를 재배하는 바람에 포도가 익을 때면 아내와 같이 농장의 싱싱한 포도를 얻어먹는 재미와 당도와 품질이 좋아 친지와 나누어 먹거나 선물용으로 포도를 구매하면서 농사 정보를 자주 물어보면 친절히 가르쳐 주어 아마추어 농사꾼인 나에게는 많은 도움이 되었다.

가끔 혼자 포도농장을 지나갈 때 인사하면 안성에서 새색시 얻어서 농사지으라는 등의 선문답도 자주 하는 사이가 되었고 오두막이 있는 금광면 석하리의 30여 주 복숭아나무의 전지작업도 맡기는 사이가 되었다. 초가을 밤 이곳을 지나가다가 목이 말라 나중에 말씀드리면 될 거라는 생각을 하면서 포도 한 송이를 승낙 없이 따는 순간, "누구냐?" 하고 손전등으로 얼굴을 비추며 다가와서 아는 사이에 잠시 동안 포도 도둑으로 몰려 둘 사이에 어색한 표정을 짓기도 하였다. 사연을 듣고 보니 동네 진입로와 접하였기에 포도를 많이 도둑맞아 작심하고 야간에 포도 도둑을 잡으려고 숨어 있다가 운 나쁘게 걸려든 것이었다.

뚱딴지 감자의 성장을 돕기 위해 잡초 제거 작업 중 허리를 펴다가 근접한 접붙인 고욤나무를 보니 접목이 말라 있었다. 2년 전에 어설프게 책을 보고 접붙이기를 시도한 바 있으나 실패하였다. 금년도 산과 농장에 제대로 뿌리를 잡아 성장하고 있는 고욤나무 다섯 그루에 시도한 감나무 접붙이기는 실패로 끝났다.

이 선생님의 입장에서 생각해 본다. 선생님은 수고비를 받고 접붙이기를 하였다가 실패하였을 때를 우려하여 바쁜 작업 중에도, 시간을 내어 가르친 것이 아닐까?

생각해 보면 지금껏 살아오는 동안에 조그마한 이익을 위하여 적지 않게 마음에 없는 말을 하였다. 때로는 나의 잘못을 윗사람이나 동료, 부하직원이나 외부인에게 책임을 전가한 사례가 젊은 시절일수록 많았다고 볼 수 있다. 퇴직 후 적은 연금이나마 지급되므로 연금에 맞추어 절약하며 생활하면 마음에 없는 말을 하지 않아도 생활할 수 있으니 이제야 조금씩 철이 드는 것 아닌지. 그래도 새내기 농부가 되어 이 선생님을 비롯한 주변의 농사꾼에게 농사 정보를 물어보면 스스럼없이 알려 주려는 분들이 주변에 많아 살 만한 세상이라고 생각해 본다.

제6부

인생의 전환기가 된
전투경찰대 지원

시봉 시묘

얼마 전에 시묘侍墓의 뜻을 읽은 적이 있다. 부모가 돌아가시면 하던 일을 멈추고 부모님 산소 옆에 움막을 짓고 아침저녁에 문안 인사하고 산소를 돌보는 일이 지금도 있어 가끔 신문 지상에 오르기도 한다. 불과 100여 년 전에는 일상적으로 해 오던 일이다.

우리나라처럼 혹독한 자연환경 속에 더구나 전기도 없이 외로움과 싸우며 시묘를 한다는 것은 아무나 할 수 없을 것으로 생각해 본다. 시묘의 뜻을 듣고 보니 공감 가는 부분이 많았다.

대부분 어른이 사망하는 시기가 80 전후라면 시묘하는 사람의 나이는 50~60 전후의 나이이다. 시묘하는 동안에 남은 자신의 나이를 생각하면서 죽음에 대비한 준비를 사전에 하라는 신호라고 생각할 시간을 준 것은 아닌지?

누구나 한 치 앞 자신의 운명을 예견할 수 없다. 몸이 건강한 사람이라도 90세, 아니 100세까지 살 것을 생각하면 돈 모으기나 일에 대한 욕심을 낼 것이다. 운명은 자기 생각대로 굴러가지 않을 텐데.

얼마 전 전철에서 만난 직장 선배님은 1년 전 고향인 입장 포도밭에 내려가 일반 농부보다 더 힘들게 일을 하셨다는 말을 듣고 60대 후반으로 보았으나 74세란다. 그런 분이 있는가 하면 지난주 이 모 작가 선생님과 호프 한잔을 하면서 나보다 한 살 연배인 페이스북 친구가 아프다는 이야기

끝에 선생님은 그 자리에서 전화를 걸어 통화 내용 중 '건강원을 운영하는 사람이 왜 몸이 아프냐?'고 반문하는 말을 들었다.

며칠 후 카페에 들어가 보니 페이스북 친구가 돌아가셨다는 내용이 떴다. 정말 인간의 운명이란 알 수가 없다. 선생님과 대화 중에 생각나 전화한 당사자와의 통화가 마지막일 줄이야.

폐목 상태인 복숭아나무를 전부 베어 버리고 밭으로 활용하려니 여유 공지가 많아 이것저것 사다 놓은 씨앗도 많은데 감자와 강낭콩을 무리하게 파종했다. 전보다 노동의 강도가 심하기 때문인지 예전에 없던 허리 아픈 병까지 생겼다. 아마 내 몸에 맞게 일한 다음 적절히 휴식을 하라는 신호라는 생각이 든다.

몸과 마음은 자신이 감당할 수 있는 범위 내에서 움직여야 하는데 무리하게 선을 넘으면 병이 되지 않나 생각해 본다. 분수를 지키면서 주변을 챙기고 이왕이면 봉사를 많이 하면서 더불어 살아가는 것 또한 참된 삶이 아닌지 생각해 본다.

뉴질랜드 여행기

뉴질랜드는 쿡 선장이 뉴질랜드를 처음 발견한 당시에 네덜란드의 질랜드와 지리 및 환경이 비슷하다 하여 뉴질랜드로 불리게 되었다. 뉴질랜드는 북섬과 남섬으로 이루어져 있고 인구 400만 명 중 150만 명이 북섬의 오클랜드에 모여 산다. 적도 이남의 남반구인데 유럽과 비슷한 해양성기후로 우리나라와는 기후가 정반대로 남쪽으로 갈수록 추워진다.

비행기로 처음 도착한 북섬의 오클랜드는 11월 초순인데도 늦은 봄에서 여름으로 접어드는 계절로 온통 꽃 천지다.

뉴질랜드를 처음 발견할 당시 부족끼리 전투를 잘하고 여러 부족으로 나누어진 마오리족이 폴리네시아 군도인 태평양 섬으로부터 이주해 와 정착하고 있었다. 그러나 영국계 백인이 상륙하여 마오리족과 수많은 전투를 하면서 개척하기 시작하였다. 마오리족의 극렬한 저항에 부딪혀 완전히 정복하지 못하고 할 수 없이 서로 2개의 민족이 주권을 존중하고 공생하기 위한 와이당키조약을 1840년 영국의 엘리자베스 2세와 마오리족 대표가 조인하였다고 한다.

엄밀히 따지면 여태껏 전쟁에 져 본 적 없던 영국이 유일하게 지면서 어쩔 수 없이 마오리족과 공생관계를 유지하기 위한 조약이다.

24년 현재 총인구 536만 명 중 마오리족 인구가 100만 명 정도 된다. 마

오리족은 백인과 똑같은 사회보장제도를 누리고 있다. 뉴질랜드 근해의
해양 개발권을 독점하고 있으며 독립된 마오리족 전통 언어를 구사하는
방송국도 운영 중이며 왕도 존재한다.

현재는 임산물인 미송이 수출상품 중 1위를 차지하고 있다. 뉴질랜드가
소와 양이 많은 나라라고 초등학교 시절에 배웠는데 오늘날에는 고가인
알파카가 많은 나라로 바뀌었다. 농산품 중 키위를 많이 수출하고 공산품
은 주로 수입에 의존하고 있다고 한다.

습도가 높고 온화하여 미송이 다른 지역보다 4배나 빨리 자란다고 한
다. 관광투어 중 도로를 가로막고 있는 나뭇더미를 보고 나무 사태라고 한
다. 이곳에서 처음 들어 보는 말이다. 우리나라에서는 산사태나 높은 산
에서 일어나는 눈사태는 본 적이 있다. 이곳 산이 경사가 심하고 아열대
기후라 습하고 우리나라와 같이 화강암이 아니라 오석과 같은 단단한 돌
로 이루어졌기에 가능하다고 한다.

산 중간에 수출용 나무를 가공하는 목재를 살균하거나 쪄내는 공장이
즐비하다. 뉴질랜드 정부는 농산물 검사가 엄격하다고 한다. 환경이 좋은
곳에서 양질의 농산물을 생산하고 병충해 등 전염을 막는 조치다.

북섬에서는 오클랜드가 가장 큰 도시다. 아열대 지방이므로 가로수가
우리나라의 백일홍보다 화려하게 피는 꽃으로 장식되어 있다.

환태평양 화산대에 속하므로 온천을 견학하고. 비행기를 타고 남섬에
갔다.

남섬은 주로 관광에 의지하고 있으며 퀸스타운은 대표적인 관광지다.
넓은 호수와 만년설이 있는 큰 산맥으로 이루어져 있어 등산하려면 1년
전에 신청하여만 한다. 가까이 보이는 호수가 끝나는 지점에 있는 산도

60km나 된다고 한다.

다리에서 강으로 떨어지는 ○○다이빙을 하려고 젊은이들이 몰려 있다. 영국 여왕이 다녀갔다고 퀸스타운이란다. 우리나라는 가을인데 남반구라 벚꽃이 피고 있다. 다음 목적지인 호주로 가는 비행기에 갈아탔다.

혼자 보기 아까운 봄나들이

지난 토요일 서울 모임에 참석차 황급히 올라와 늦도록 놀았다. 일요일 산행을 같이 하자는 직장 동료와 북한산 자락인 구기동 골짝을 따라 올라갔다. 뒤늦게 벚꽃이 만개한 골짝을 처다보며 벚꽃놀이가 따로 있나 앉아서 즐기면 그만이지 하고 3인이 벚꽃나무 아래서 막걸리를 주거니 받거니 했다. 주량이 약한 나는 얼굴이 홍당무가 된 상태로 향로봉을 지나 진관사 골짝에 들어섰다. 날씨는 가물지만 졸졸 물 흐르는 계곡이 있어 좋았다. 너른 바위 베개 삼아 누워서 하늘 보며 많은 말을 나누었다. 나물 먹고 물 마시고 팔베개를 하고 누워서 말이다.

진관사를 지나 은평 뉴타운 현장 길을 따라가다 보니 개발 바람에 황량하게 집 비워 놓고 어디론가 각자 떠나 버린 기자촌 전원주택을 바라보인다. 70년대엔 그린벨트라 까다롭게 허가를 내주었는데 정말 강산이 변하고 남가일몽南柯一夢이 따로 없다는 것을 느꼈다.

너른 대지에서 몇십 년간 꽃과 나무를 가꾸면서 이웃과 오순도순 살아온 그 많은 사람들은 어디로 갔을까? 꽃과 나무는 그대로 꽃 피고 움트고 있는데. 연신내 재래시장에 들러 술 한잔했다. 옆 좌석의 아줌마는 동대문 전농동에 사는데 친구와 함께 이곳으로 등산을 왔단다. 7.4 남북 공동 성명 때 가로 정비를 위하여 성급히 건축 허가한 통일로변 한양주택에 살았는데 뉴타운 공사로 철거되었으나 옛정을 못 잊어 왔다고 한다.

경기 남쪽 오두막에서 1박2일을 숙박하는 동안 보이는 것마다 화려함의 극치다. 뜰 앞의 복사꽃과 그 아래로 이어 달리는 배꽃, 좌우로 멀리 감싼 산세와 산자락의 노송과 어우러진 서운산 자락에 걸친 구름들. 좌측 도랑 건너 동산엔 어느새 생강나무 꽃은 지고 벚꽃 세 그루가 만개하여 화사한 절정을 보여 주어 혼자 보기가 미안할 정도이다.

늦은 밤 아랫집 교수 댁 연못에선 시끄러울 정도로 개구리가 울어 댄다. 한숨을 자고 나니 때아닌 은은한 달빛에 놀라 남쪽 창가를 보니 어른거리는 나뭇가지와 나지막한 동산 사이로 둥근 달이 한참 폼 잡고 떠 있다.

집에 돌아와서 2층 창밖을 내다보니 응암동 뒤편 백련산 꼭대기에도 벚꽃이 좀 피었고 뜰 앞의 마로니에 나무에도 연두색 새싹이 참새가 날아오르는 모습으로 한창 피어오르고 있다.

아뿔싸! 하마터면 먼 나들이 봄만 즐기고 집 밖의 봄은 놓칠 뻔했다.

도토리가 풍년이면 흉년 든다

농경시대의 우리 조상은 흉년이 들면 목숨 부지하기가 어려웠다. 지금 같이 관계시설이 잘되어 있고 식량이 부족하면 해외에서 사다 먹는 시대와는 전혀 무관한 이야기다. 우리 세대는 단기간에 다양한 변화를 체험한 유일한 세대(농경시대에 태어나-산업 시대-현재의 디지털 시대)로서 한 톨의 곡식도 귀하게 여겼다.

옛날에 흉년이 들면 다행히 도토리는 풍년이 들어 대체식량이 되므로 그나마 기근을 면하였다고 한다. (도토리도 유물로 출토되고 있다)

조류독감 및 미국 소 수입 문제로 온 나라가 시끄럽다. 극히 소수의 사람이 광우병에 걸린 것을 침소봉대한 것 같다. 그런 병에 걸린 소고기를 선진국에서 수출할 리가 없다. 마치 부화뇌동하는 것 같다. 우리나라 말에 송충이는 솔잎을 먹어야 한다는 말이 있다.

풀이나 곡물을 먹어야 할 소에게 동물성 사료를 먹이는 것은 어불성설이다. 석유 값이 천정부지로 올라 미국이나 브라질같이 농지가 넓은 나라는 대체 에너지로 옥수수나 사탕수수를 대량 재배한다. 뚱딴지 감자는 바이오 에너지로 활용할 수 있는 성분이 포함되어 대체 에너지원으로 재평가되고 있다. 땅이 넓은 나라에서 자기들 유리한 대로 에너지로 사용하는 것은 어쩔 수 없다. 그렇지만 세계적으로 제한된 농지를 에너지원으로 전용하는 것도 새로운 재앙이 아닐까.

상대적으로 식량을 수입하는 저개발 국가는 생존과 관련된 문제다. 식량은 공산품과 같이 단기간에 대량 생산할 수 없다. 스위스에서 발행한 민방위 책자에는 전쟁이 발발하면 목장용지를 전용하면 즉각 감자를 생산하여 식량을 자급할 수 있다고 한다. 곡물 6인분을 가축에게 먹여야 육류 1인분을 생산하니까 가능한 내용이다

얼마 전 청산도나 남해도와 같이 환경이 바뀌지 않고 옛 모습을 간직한 지역을 슬로우 시티로 지정한 것을 보았다. 너무나 세상이 빠르게 변하여 옛것을 보존한 지역을 관광 자원화하는 것이다. 조금 불편해도 천천히 살면 그만큼 에너지도 덜 소비되고 환경도 파괴되지 않을 것이다. 우리나라는 대체 에너지(태양열, 태양광, 지열, 풍력, 조력, 연료전지) 개발이 초기 단계이다. 날로 더해가는 에너지 소비에 대처하기 위해 자원 확보가 필요하다고 본다. 나라를 걱정하자면 다량의 육류 및 곡물을 수입하는 현 실정을 돌아볼 때 소고기와 같은 육류를 덜 소비하고 곡류 중심 식단으로 가면 좋을 것이라고 생각해 본다. 지금은 초기 농경시대의 도토리와 같은 대체 식량이 필요 없게 되었으니 얼마나 좋은 세상인가.

주막酒幕

참으로 정겨움과 향수가 깃든 단어다.

차 한 대가 지나려면 뽀얀 먼지가 일어나다가도 가라앉으면서 흙냄새 나는 길에 지게 진 농부가 쌀 몇 대박과 바꾸려고 장작이나 잔가지 다발을 지고 지나가는 길가. 반쯤 열린 사립문 안쪽에는 으레 큰 가마솥 아래 장작불이 이글이글 타오르고 솥 안에는 돼지머리를 비롯한 순댓국용 창자며 간 등이 국물이 끓을 때 같이 떠오르다가 가라앉는 광경이 보인다.

굶주린 길손이 그 광경을 바라보자면 배 속에선 자꾸 쪼르륵 소리와 함께 침 넘어가는 소리하며 오다가다 하는 길손들이 들마루에 걸터앉아 막걸리 한잔 들이키는 곳은 현재의 카페 전신일까? 안성시 금광면 양지편 동네 진천과 안성을 오가는 길목의 2차선 양지교 다리 건너편에는 오래전 산업화에 밀려 폐가 상태의 지붕 높은 방앗간이 있다.

방앗간 뒤편에는 아마 오래전에 방앗간과 쌀 창고로 쓰다가 비워 놨던 건물 중 도로와 접한 부분에 2개의 미서기 문이 있는 허술한 건물은 본 건물에 이어 달아낸 부대 건물이 보인다.

평소에는 굳게 닫힌 문짝 안에 인기척이라곤 없고 후면에 30여 평 되는 네모난 공터가 있는데 공터 한가운데엔 주막의 역사를 고스란히 알고도 묵묵히 수백 년을 지켜 오는 아름드리 느티나무가 있고 아래에는 으레 그러듯 들마루가 있다.

느티나무는 예전에 장돌뱅이들이 떠들던 소리도 다 기억하고 있을 것이다. 늦은 봄 한낮 중간 기착지인 산에 들러 첫 번째 딴 두릅이며 가죽나무 순을 가득 넣은 배낭을 멘 채 안성에서 이곳으로 오는 100번 버스에서 막 내렸다. 그러나 장마를 방불케 하는 굵은 빗방울에 더 이상 움직이기 곤란하여 폐가로 변한 방앗간 짧은 처마 밑에 몸을 의지하고 있는데 도로 쪽에 평소에는 닫혀 있던 미닫이문이 열리며 60대 중반쯤 되는 아주머니가 비 맞지 말고 얼른 들어오란다. 비 오는 날은 공치는 날이라고 농사짓는 일도 주로 야외에서 하는 일이라 농부에게는 비 오는 날이 휴식시간인가 보다.

문 안에 들어서니 두어 개쯤 되는 탁자에 동네에 사는 김 씨와 동네 사람 여러 명이 술을 마시고 있다가 불쑥 들어온 나를 반긴다. 선반에는 꽁치통조림 하며 신라면도 보이고 소주며 맥주가 눈에 띄는 것을 보니 이 집이 바로 현대판 주막이란 생각이 들었다. 그래서 이곳에선 초짜인 내가 동네 사람과 친해지려면 내가 술을 좀 사야지 하고 불고기 안주며 꽁치 통조림과 소주, 맥주를 사고 주는 술을 마다않고 마셨다가 술에 약한 나는 금세 홍당무가 되었다. 배낭 안에 있던 두릅 순이 생각나서 안주로 같이 먹으려고 꺼내 놓으니 주모는 즉석에서 삶아서 내놓는다. 금방 따서 먹는 과일이나 야채는 싱싱하여 더없이 맛이 좋다.

통성명을 하는 순간에 형님뻘이고 동생이고 하는 대화가 오간다. 이런 대화를 한 것이 참 얼마 만인가? 고향에서 사람 만날 때 나이 따지고 학교 선후배 따지던 생각이 난다.

여름철엔 콩국수도 팔아 밥해 먹기 귀찮을 때 가끔 시식도 하다가 서울에서 늦게 도착한 날엔 저녁에 밥 지어 먹기 귀찮아, '백반 있어요?' 물으니 '찌개나 국이 없는데……'라는 아주머니의 말에 '괜찮아요. 있는 대로 주세요.'라고 말하니 야채며 나물로 만든 반찬이 여러 가지 나온다.

'반찬이 맛이 있어 제법 팔리겠네요.'란 말에 산 넘어 진천 쪽 중앙골프장 다니는 사람들이 시골 반찬 먹는 재미로 제법 사 먹고 간단다. 그 말을 듣고 보니 반찬이 고소하고 싱싱하다. 시골에서 이런 밥을 먹는 재미도 제법 괜찮고 새삼 아주머니의 정까지 느껴진다.

위쪽 논 끝자리에도 나와 비슷하게 수원에서 오가며 장기간에 걸쳐 집 짓는 사람이 있다. 빈집을 1년 이상 걸쳐 혼자 수리하면서 삼 년 전부터 이곳에 내려와 있는데. 농사짓다가 모르는 것이 있으면 주막에 내려와 농사 정보를 얻어 가기도 한단다.

무슨 인연인지 몰라도 양지쪽 골짜기에는 같은 백호 띠인 나와 이장 포함 네 사람이 제 개성대로 집 짓고 있다. 날 궂은 날에는 주막에 들러 떠들고 술 마시며 동네 소식도 듣고 농사짓는 정보도 듣는 이점도 있다. 추가로 술과 안주 값을 계산하려면 못 내게 거절하는 것을 진심으로 듣고 돈 안 내면 돈 안 낸다고 술주정하는 사람도 있기에 다음에 주막에 들를 때는 꼭 돈을 내야지 하고 마음을 먹었다. 말 그대로 믿다가는 실수하기 딱 좋은 동네라 생각된다.

그러나 아주머니의 마음 씀씀이가 괜찮고 경기도인데도 충청도와 인접해 있기에 '이래유, 저래유.' 하며 마치 충청도 지역에 있는 것처럼 헷갈리는 주막, 이곳이 정녕 현대판 주막이 아닐까?

마로니에의 추억

우리 집 대문 옆에는 콘크리트 마당 사이에 맨땅으로 남겨진 1평쯤 되는 공간이 있다. 처음 이사 왔을 때 작으나마 이 소중한 공간에 무엇을 심을까 궁리하다 양재동 화훼전시장에 견학 갔을 때였다. 건물을 설계할 때의 기본 요건 중의 하나인 '아, 그 건물, 그 옥상에 무슨 표시가 있고 건물 색깔이 어떻고라는 상징성이 있어야 한다.'는 말이 기억났다. 마로니에 묘목을 바라보다가 문득 옛 서울문리대 자리, 가난한 예술인과 젊은이들이 모여 기타 하나면 허물없이 놀 수 있는 그곳 마로니에 나무가 줄지어 있는 곳이 떠올랐다. '그 길은 마로니에는 꽃이 피겠지'라는 정겨운 가사까지 흥얼거렸다.

집을 새로 신축한 것은 아니지만 빨간 벽돌집으로 신축한 지 15년 이상이 지났기에 주요구조부만 남기고 새로 리모델링을 하고 보니 거의 새집으로 바뀌었다. 아! 그거다. 비좁은 공간이지만 나무 한 그루만 심어 놓아도 너른 녹지 공간이 확보되면서 나무가 크면 '아, 그 집. 마로니에 나무가 있는 집'하고 쉽게 찾을 것 아닌가? 라는 즐거운 상상을 하였다.

마로니에는 지중해 연안의 비교적 따뜻한 지역의 가로수로 한 개의 넓은 잎은 일곱 갈래로 갈라져 있어서 우리말로 칠엽수로 불린다. 1996년 당시 3만 원을 들여 구매한 묘목은 빠르게 성장하였다. 이웃에서는 화단도 만들고 잔디도 좀 심으라고 말하지만, 지하철역이 가까운 만큼 공간은 전에 살던 집보다 협소하다.

예전에 살았던 집은 잔디가 있었으나 지인으로부터 많은 양의 수석을 얻어 마당에 널려 놓다 보니 시간이 지나면서 수석 아래는 개미집으로 변하고 관리 부실로 잔디는 갈수록 황폐해져 갔다. 주말이면 안성의 드넓은 산을 가꾸는 일에 흠뻑 빠져 조그마한 정원은 눈에 찰 리가 없었다.

단 한 그루의 나무인지라 자연 비료를 자주 주고 정성을 들인 탓인지 여러 해가 지나면서 마로니에는 빠르게 성장하였다. 그늘도 만들며 아마 적지 않은 산소를 내뿜었을 것이고 밤에는 사람에게 해로운 탄산가스도 품에 안았을 것이다. 마로니에는 1층 위로 다시 2층 자연 발코니 위로 솟아 올라 크는 모습을 바라보면서 멋진 상상의 나래를 펴기도 하였다. 동화책에 나오는 콩나무와 같이 콩 줄기가 하늘 끝까지 뻗어 올라간 곳에 어린아이가 기어 올라가는 모습이 겹쳐 보이기도 하였다. 2층 자연 발코니까지 자란 마로니에를 보면서 나무를 지주목 삼아 나선계단을 만들면 마당에서 2층으로 올라가는 모습을 상상하면 기분도 덩달아 좋아졌다.

그러나 얼마 가지 않아서 나의 꿈은 산산이 깨지고 말았다. 초가을이 되기 전 마로니에는 강한 직사광선에 못 견뎌 단풍철이 아닌데도 이파리가 누렇게 타고 흉한 모습으로 변하면서 나뭇잎이 수시로 떨어지니 이웃에 사는 한 선생은 깔끔한 성격인지라 투덜대면서 낙엽을 수시로 쓸어 내기 바빴다.

나중에는 수고를 덜려고 빗자루로 낙엽을 마구 떨구어 내고 있었다. 그런 모습을 본 아내는 덩달아 낙엽 좀 자주 청소하라며 왜 마로니에를 심어서 이런 고생을 한다는 등 잔소리 듣기 일쑤이며 한 선생은 '차라리 감나무를 심으면 따 먹기나 하지.'라고 말씀하신다.

대놓고 말할 수는 없으나 속마음으로는 '본인 집에는 나무 한 그루 심지 않고. 나무 한 그루가 얼마나 사람을 정서적으로 만드는데.' 아마 삭막한 주위 환경도 좋아지고 건강에도 도움이 될 것이라고 설명을 하고 싶었다. 작년 봄 아내는 아예 지나가는 정원사를 불러 윗가지를 몽당연필 자르듯 잘라내었다.

도시 생활의 편리함도 있지만, 대도시에서 작은 땅에 많은 인구를 수용하려니 불가분하게 도시는 아파트 천국으로 변하고 있다. 지금까지 아파트를 소유해 본 적이 없고 단독에 살다 보니 겨울에는 춥고 불편한 점이 많고 공간이 많다 보니 늘어놓은 것도 많아 아내는 아파트로 이사 가면 정리할 물건이 많아서 걱정이라고 말한다. 유럽을 포함한 선진국에서는 오래된 단독주택이 많고 높은 지역일수록 가격이 비싼 이유가 집에 오르는 수고보다 채광, 통풍, 경관과 같은 정서적으로 이로운 점이 많을 것으로 생각해 본다.

낙엽 떨어지는 것을 귀찮게 여기던 이웃 한 선생이 췌장암 판정을 받고부터 외부출입을 하지 않은 채 집 안에서 칩거 중이라는 말을 들었다. 칠십 후반인데도 사십 대 못지않게 열심히 살면서 건강하였던 분인데.

아내는 여러 명이 우르르 집 안으로 들어가는 것을 보고 아마 친구들이 문병 왔을 것이라고 말한다. 나이 들어서인지 주변 지인들의 건강 악화 소식을 자주 듣는다. 한 선생의 쾌유를 빌며 적당한 기회에 문병 갈 생각을 해 본다.

인생의 전환기가 된 전투경찰대 지원

70대가 되니 가끔 아랫사람의 부고를 접하게 되는 경우가 잦아진다. 지인들 대부분이 병고에 시달리는 사람이 늘어나면서 80대에 들어선 분들은 보행하는 뒷모습만 보아도 남은 수명이 얼마쯤 되겠지 하고 짐작을 해 본다.

100수 시대라고 말하지만 80세까지 30%만 살아남고 구순까지 살아 있는 분은 행운이라고도 말한다. 나 자신도 2가지의 약을 복용하고 있으니 나이 들수록 신체의 리듬이 점차 허약해질 것을 예상해 보며 병고에 시달리면서 꼭 오래 살 필요가 없다는 생각도 해 본다.

길게 보면 인생의 일부이지만 군인에 입대하기 전에는 형편상 대학 갈 생각을 미처 하지 못하였다. 실습 나간 건축 자재 생산업체에서 근무할 때만 해도, 지속적인 발전 없이 단지 생계만 연장되는 상황으로 여겨져 삶의 보람을 찾을 수 없다고 생각하던 시기였다.

군 복무를 대신할 의무전투경찰법이 처음으로 통과되었다는 뉴스를 들었다. 설치 목적이 당시에는 무장 공비가 준동하였기에 무장 공비에 대적하기 위하여 창설하였으므로 위험하다는 부담을 안고 지원하였다. 군 복무를 하는 동안 미래에 대한 충전도 하고 복무가 끝나면 최소한 경찰이라도 할 수 있다는 기대감과 호적이 1년 늦은 것도 만회할 겸 응시 시험을 거쳐 자원입대 형식으로 예정보다 1년을 앞당겨 군 복무를 시작할 수 있었다.

어릴 적 기억으로, 입대하는 고향 형들이 어깨띠를 두르고 역전 플랫폼을 걸어오면 마을 사람들이 환송을 해 주던 모습이 눈에 어른거렸다. 아마 태평양 전쟁이나 6.25 전쟁을 거치면서 생사를 알 수 없는 전쟁터로 가는 풍습의 잔재라 생각하였다.

논산 훈련소에 입대하는 날은 환송해 주는 사람도 없어 머리를 깎은 후 쓸쓸히 자진 입대하였다. 한편으로는 전투경찰대 명단이 북한 쪽으로도 넘어갔다는 소문도 들리면서 전투경찰대 대원으로 복무하는 것이 위험하다고도 말했다. 우연의 일치인지 수용연대 입대한 날이 그 유명한 실미도 북파 훈련병이 유한양행 앞까지 탈취한 버스를 몰고 와 자폭한 사건이 일어난 날이다.

당시 뉴스 보도는 남파한 공비의 소행이라고 하여 대간첩 작전을 위한 전투경찰이 되려고 지원한 것에 다소 불안을 느꼈으나 그래도 우리의 운명을 능동적으로 판단한 결과로 생각한다. 선배들은 군 훈련소에서 전·후반기 군사훈련을 필하는 과정이 어려웠다고 말했다. 그러나 나는 자취생활을 하다가 입대한 관계로 삼시 세끼 뜨거운 밥이 제공되고 육체적으로는 다소 어려운 면이 있으나 정신적으로 편안하므로 훈련소 생활을 잘 이겨 내었다.

군 훈련을 마친 후 제대한 것처럼 예비군 옷을 입고 경찰학교에 입교 후 유격 공수 훈련을 받을 때는 훈련이 끝날 때까지 과연 몸이 상하지 않고 온전히 있을 것인가 하고 의구심이 들었다. 그러나 무사히 훈련을 끝냈을 때는 의구심이 기우였으며 자신감으로 꽉 차 있었다.

모든 훈련이 끝난 후 고향과 인접한 충남 서산에 있는 109 전투경찰대에 배치되었다. 대원들 99%가 충남 출신이었고 이곳은 아버지의 고향이면서 선조들의 선영이 있는 곳이므로 큰집과 친척들이 인접에 살고 있어서 큰 위안이 되었다. 하루 세끼 뜨거운 밥을 먹으며 식당에는 식모와 살림하는 부녀자까지 있어 일반인과 비슷한 식사를 하였다.

어려운 훈련을 마치고 배치될 때는 남은 복무기간을 생각하면 막연하였다. 한편 내 인생의 앞날을 바꿀 중요한 기회라고 생각하니 주어진 시간을 허투루 보낼 수 없다는 생각에 보초 시간에도 손전등으로 책을 보는 등 제대 전에 당시 잘나가던 한전이나 공무원 기술직 시험에 합격할 것을 목표로 틈틈이 공부하였다.

다행인 것은 이곳의 분위기가 지금과 같이 대모와 같은 집단행동에 내몰리지 않고 대간첩 작전이 주 임무이므로 일반 경찰들은 훈련을 제외한 시간에는 승진 공부하는 분위기로 대원들이 공부하는 것을 장려하였다. 학사경찰관이 경찰과 관련된 법률과 행정법, 형법, 형사소송법을 가르치고 시험도 보았기 때문에 제대할 때는 마치 대학 법과를 수료한 것과 같은 기분이 들었다. 지금도 숙식을 같이한 전투경찰 동기와 교류하며 마치 학교 동창생 이상의 친구로 지내고 있다.

청양 칠갑산 파견대에 배치될 때는 칠갑산의 맑은 공기와 풍광을 잊지 못한다. 당시에는 〈칠갑산〉 노래가 나오기 전이어서 청양군은 인구가 희박하여 면 소재지에 경찰서와 역전 파출소가 있을 정도로 매우 외진 시골이었던 것으로 생각된다.

지금도 기억에 남는 것 중에는 산골 민가에서 멸치 대신 식용개구리를 조미료로 사용하는 것을 보았다. 염소를 산골에 방목하는데 저녁에 종을 치면 염소들이 정확히 염소우리로 잠자러 들어오는 것을 보았다.

대원들이 휴가 후 귀대하면 으레 세계 문학 전집을 비롯한 한국 문학 전집과 유명한 문학 전집들을 다 가져와 책 읽기를 좋아한 나는 웬만한 전집류는 다 읽었고 일기도 썼다.

지금도 『파우스트』에서 감명받은 단어 몇 구절이 떠오른다. 그때 그 말을 통해 철학이 모든 학문의 기초라는 말을 깨치기도 했다. 철학을 논한 『카네기 전집』을 읽고 나서 나는 왜 이런 명작을 진작 못 읽었는지 한탄하였다.

지금 생각하면 그때나마 그 책을 읽은 것이 나의 인생을 긍정적으로 바꾸는 계기가 되었음을 부인할 수 없다. 의무 경찰이 마치 학교와 같은 분위기다. 칠갑산 정상에 올라 무전을 치고 내려오면서 밤새 내린 함박눈을 보고 시심이 우러나 「칠갑정에 올라」라는 글을 써 당시 경찰관들이 필독하는 『경찰고시』라는 잡지사에 보냈다. 그 잡지에 시가 게재된 것을 보고 흥분한 적도 있다. 그것이 아마도 지금까지 글을 쓰게 된 동기부여를 한 것 같다.

제대를 1년 정도 남은 상태에서 우리 부대는 작전상 야간열차를 타고 대전을 거쳐 광주로 이동하게 되었다. 부대 이동 시 먹은 대전 역전의 우동 맛은 지금도 잊을 수가 없다. 광주라는 도시는 그동안 호기심만 가득하던 호남 지역을 체험하는 계기가 되었다. 당시 우리 가족은 성남 신도시에 정착하여 고생하던 시기였다.

그동안의 간접적인 경험으로는 경찰관의 근무상태가 매우 열악한 것을 알 수 있는 계기가 되었기에 경찰관에 대한 미련을 버리고 그래도 내가 배웠던 건축 공무원 시험을 목표로 공부를 하였다. 당시는 참고서는 열악한 상태로 대학과정이므로 우선 득점이 어려운 고등학교 국어 1, 2, 3학년 전 과정의 교과서를 사서 10번 이상 반복하여 읽었고 참고서도 수없이 반복한 관계로 답을 외우다시피 하였다. 전투경찰 이론 및 실기 교육시간에도 제일 뒤쪽에 자리를 잡아 메모한 것을 열독하였다. 아마 전생을 통하여 한 가지 목표를 위하여 이렇게 열심히 공부한 적은 없을 것이다.

서울시 건축직 공무원 시험에 응모한 결과 틀린 문제가 몇 개 없을 정도로 잘 보았다고 생각되었다. 지금과 같이 통신수단이 발달하지 않은 상태이므로 아버님에게 부탁한 결과 시청 벽면에 합격자 발표용지를 붙이기 전에 미리 보시고 광주에서 근무하는 나에게 전보를 날렸기에 합격한 것을 빨리 알 수 있었다.

아버지는 합격자 발표를 미리 알기 전 꿈을 꾸었는데 꿈 내용에 아버지가 활터에서 활을 쏘았는데 과녁에 정통으로 맞히는 꿈을 꾸었다고 한다. 그 후에도 수차례에 걸쳐 꿈 이야기를 하셨다. 모든 것이 암울한 세상에 집안의 큰 경사일 수밖에 없었다. 광주 도청에서 전역식을 할 때 제대 후 예정된 직장이 있고 강제 저축하였던 위험수당을 수령하여 기분이 좋았다. 주머니가 두둑한 채로 상경하는 기분이란 세상에 부러울 것이 없었다.

제대 후에(1974년 6월 21일 전역 후 같은 달 28일에 서울시 천호출장소 건축과로 발령) 바로 근무할 수 있는 직장이 있고 구두와 하복을 맞추어 입고 충분한 용돈을 지참한 채 서울행 고속버스를 타고 오는 기분이란!

며칠 후 발령이 나서 공무원 근무 중 오랜만에 보는 청사진이 낯설어 보였으나 얼마 되지 않아 적응하였다. 주거지인 성남시에서 직장이 있는 천호출장소로 출근하였는데 부모님은 경제적으로 자립이 안 되어 퇴근할 때는 아버지가 장사하는 노점에 나가 아버지와 같이 리어카를 끌고 같이 퇴근하기도 하였다. 군 제대하자마자 취업한 장남이 있어서 아버님은 당시가 가장 행복하였을 것이다.

그때는 10년 안에 집을 장만하면 다행으로 생각하였으나 1977년경 성남 단대리 논골이라는 동네에 허름한 집을 장만하여 이사하게 되었다. 비록 누추하였으나 그때의 기분이란 하늘을 다 얻었던 것 같았다. 아버지는 허름한 방 두 칸 앞쪽의 빈 공간에 철물점을 차려 놓고 내 월급을 투자하여 철물 장사를 했다.

뒤뜰은 야산과 연계되어 있어 휴일이면 빈 공터에 버려진 돌을 운반하여 절개지에 꽃밭을 가꾸었다. 그러다 보니 고향의 정원과 같은 단대리 논골 건물 후면에 제법 화단이 있는 점포 및 주택으로 동네 사람들이 꽃을 구경하러 화단을 방문하곤 하였다.

이 집을 헐고 1982년경 점포주택인 2층 건물을 논골 동네에서 처음으로 건축하였다. 학업을 계속하고도 싶은 충동이 있었으나 당시의 건축직 공무원은 신분이 불안한 관계로 정년을 제대로 보장받지 못하고 평균 재직 기간이 3년이라는 이야기를 선배로부터 들었다. 언제 그만둘지 모르는 상황에서 근무한 환경에서 집안의 어려운 사정을 감안하면 학업을 계속할 수 없는 상황이었으나 야간에 학업에 정진한 계기는 그나마 행운이다.

지금 생각하면 징계위원회에 5번 출두하여 2번 징계를 먹었고 해임될 고비도 5번 이상 있었다. 그러나 무사히 잘 지나가 진급을 많이는 못 하였지만 그래도 정년퇴직하였기 연금을 받게 되었으니 관운이 있다는 것을 실감하는 계기가 되었다. 문학에 대한 꿈은 있었으나 근무 중에는 잔무를 정리할 생각만 항상 머리에 가득 차 있어 글을 쓸 수가 없었다.

지금은 2남 1녀 자식들이 각자 안전한 직장에 근무하는 것이 얼마나 다행인지 모르겠다. 더구나 직계존속 가운데 4명이 미국에 있다는 사실이 자랑스럽다. 막내도 정규직이 되어 열심히 사는 모습이 퍽 대견스러울 뿐이다.

지금은 문학에 진출하여 시집을 내는 등 자리를 잡아 가는 중이고 생활비에 보탤 여분의 부동산이 있으니 부러울 것이 별로 없는 사항이다. 몇 개의 운동시설에 회원으로 가입하여 체력관리도 열심히 하고 있다. 남은 시간에 소설을 쓰는 등 즐겁고 건강하게 살 꿈을 가지고 산다. 그나마 여유를 갖고 생활하며 취미생활을 한다는 것은 얼마나 다행스러운 일인가.

지금과 같은 생활에 만족한다. 남은 욕심은 막내아들도 하루빨리 결혼해서 그 손주를 안아 보는 것이다. 과도한 바람과 금전에 대한 욕심은 근심과 스트레스를 부른다.

내가 겪은 남가일몽

운이 좋아 넓은 세상에 가서 보통 사람으론 경험하기 어려운 새로운 경험을 초로에 들어 경험하게 되었다. 어쩌면 가고 오는 날짜까지 합쳐 여행 기간이 35일이지만 금전과 관련 경험이라면 새로운 인생을 따로 살았다고 하여도 다름없을 것이다.

LA에 도착하여 여장을 풀기도 전에 LA 인근에 있는 페창가(Pechanga)라는 휴양지를 찾았다. 페창가란 지명은 너른 사막에도 물이 샘솟고 식물이 자랄 수 있어 사람이 살 만하여 인디언이 살았던 지역이라 한다. 이곳을 백인들이 매입하여 인디언을 쫓아내고 도시와 호텔을 건설하고 1층 전체를 카지노 게임장으로 개설하였다.

나중에 들은 이야기지만 미 대륙에는 콜럼버스가 발을 딛기 전 250여 인디언 부족이 살고 있었다는 말을 들었다.

리조트(resort)에 여장을 풀자마자 페창가 카지노 리조트(Pechanga casino resort)를 찾았다. LA에 도착하자마자 며느리로부터 '여행 중 부대 경비로 사용하라.'고 집사람과 내가 각각 450불씩 여행경비를 받았을 때만 하여도 여유가 있었다. 그 돈은 미국에서의 나에게는 전 재산이므로 자산을 불릴 겸 카지노(casino)를 즐길 목적도 있어 나만의 불확실한 사업 그중에서도 제일 적게 한 번에 75센트씩 돈이 나가는 영화에서 본 찰스의 초콜릿 공장으로 표기된 casino 게임기를 두드렸다.

게임을 즐길 목적으로 저속으로 돌아가는 게임기에 재미를 느끼면서 자주 터지는 casino 보너스 게임이 재미있어 매번 두드리다 보니 100달러나 따는 행운이 따랐다. casino로 돈 번 것을 자랑하니 아울렛관광을 할 때 며느리는 조그마한 동전 등을 넣을 수 있는 작은 백을 사 달란다. 그 말을 처음 들었을 때만 하여도 다소 황당하였으나, 나에게 물건을 사 달라고 처음으로 요청하였기에 다소 친근감을 느꼈다.

얼마 전에 살림 잘하는 며느리가 좋은지 아니면 여우 같은 며느리가 좋은지 선택하라는 유머를 들은 적이 있었다. 집안에 살림 잘하는 며느리가 들어오면 아들 입장에서는 좋을 것이나 살아갈 날이 많이 남지 않은 시아버지 입장에서는 자기 자신에게 잘하는 며느리가 실속이 있다는 이야기다.

바쁘게 살다 보니 아들과 며느리는 서부 쪽은 여행하였으나 동부 쪽은 여행하지 못하였다. 그래서 1차 투어를 끝내고 뉴욕에서 아들, 며느리와 미팅 후 같이 관광하고 유명 음식점에서 같이 식사할 때 만해도 며느리는 돈 딴 사람이 저녁을 사라고 하여 20불을 보태어 120불의 저녁 값을 지불하였다. 숙박하였던 호텔의 카지노에서도 다소의 돈을 땄다.

캐나다를 거쳐 다시 라스베이거스의 숙소에 여장을 풀기 전에도 65불을 잃었다. 돈을 잃었기에 속마음은 다소 언짢은 상태로 잠자리에 들었다. 일찍 잠이 든 관계로 새벽 3시경 잠에서 깨고 보니 어제 잃은 돈을 찾아야만 하겠다는 욕심이 생겨 아래 카지노 장으로 내려가고 싶은 충동이 발동했다.

아내 모르게 방문키를 챙긴 채 조심조심 내려가니 바로 밑에 카지노가 없어 호텔 측면에 있는 카지노 장을 찾았다. 평소 익숙하였던 쓰리세븐이 표기된 게임기에 65불을 넣고 게임을 시작하였는데 처음에만 반짝하고 처음 투자하였던 돈보다 점점 내려갔다.

그날따라 새벽 일찍 6시 30분까지 투어를 위해 택시 주차장에 집합하기로 되어 있었다. 시간은 점점 다가오고 촉박하여 객실로 곧 올라가야만 했다. 소변이 마려운 관계로 돈은 다 잃었는데 경비에게 물어서 화장실을 찾아 일을 다 본 후 나와서 시간을 보니 얼마 남지 않았다. 그냥 올라가자니 잃은 것이 억울하고 더 하자니 시간이 별로 남지 않은 시점인데 '에라, 모르겠다.' 하고 100불을 아무 게임기에 넣고 키보드를 눌렀다.

올라갈 시간은 얼마 남지 않은 상태로 그냥 계속하다가 시간이 촉박하여 할 수 없이 잔금이 얼마 남지 않은 것을 인지하고 현금으로 교환하는 열쇠를 눌렀다. 발급된 현금 수표를 보니 투자금의 2배가 붙었다. 이게 웬일이나 싶어 호텔 방에 올라가서 아내에게 땄다고 자랑을 하였다 중간에 내려간 것은 괘씸하였으나 땄다고 자랑을 하니 아내는 아무 말이 없었다.

이젠 나의 수중에 260불이 있다. 갑자기 부자가 된 기분을 만끽하였다. 나름대로 카지노 게임에 대한 기준이 생겼다 어느 것이든 카지노 규칙을 혼자 판단하자면 자금을 막 투입한 게임기 중 공통점이 초반에는 투입한 자금보다 상승세를 타다가 어느 시점이 되면 조금씩 내려가기 시작한다. 그러므로 계속 상승세를 유지하려면 중간에 게임기를 바꾸어야 한다는 판단이 섰다. 중간에 몇 번 딴 관계로 나의 마음은 쓸데없는 자만으로 꽉 차 있었다.

일반사업도 비슷할 것이라고 생각해 본다. 대다수가 사업을 시작하면 이익만 날 것이라고 생각하고 손해 본다는 것은 미처 생각하지도 못할 것이다. 엄밀히 따지면 객관적으로 관조하면 성공과 실패는 반반 확률로 보아야 할 것이다. 더군다나 70 중반에 들어서면 주변의 지인들이 노령에 접어들어 부수적으로 나를 불리하게 몰아갈 것이 자명할 것이다.

지금과 같은 나이에는 공격적인 사업보다 가진 것을 확실하게 성곽을 지켜야 하듯이 수성을 연구하여야 할 것이다. 얼마나 많은 사람이 이런 원칙을 무시하다가 나락의 구덩이로 떨어졌을까 하고 생각해 본다.

　이제는 여행 기간도 얼마 남지 않아 인생과 비교하자면 가을이 온 것이다. 캐나다로부터 멕시코 국경까지 북미 대륙을 휩쓸고 다녔다. 이젠 지인들이 필요하면 수시로 만날 수 있고 밤 문화와 정이 있는 내 조국으로 하루속히 갈 것을 기대하면서 아들 집에 기거하는 중이다. LA에서 개최되고 있는 교민 축제를 폐막 직전에 가 보니 수많은 교포들이 축제장에 모여드는 것을 보았다. 태평양을 건너 LA에 많은 교포들이 둥지를 틀고 이렇게 안정되기까지는 얼마나 많은 사람들의 눈물과 땀으로 이루어졌을까 생각해 본다.

　이제 고국으로 떠나기 전의 마지막 휴일이 되었다. 처음으로 LA에 온 것이 어제 같은데 어느덧 이렇게 세월이 흘렀을까 자문해 본다. 미국에 오기 전부터 과연 1달 5일을 미국에서 잘 보내고 고국으로 돌아갈 수 있을까 걱정도 많았다. 이젠 12시간 반을 태평양을 건널 생각을 하니 그동안 지나간 시간이 부담 없이 잘도 지났다는 생각도 해 본다.

　아들과 며느리는 며칠 남지 않은 시간이나마 우리 부부에게 잘해 주려는 모습이 눈에 보인다. 지금 헤어지면 언제 다시 만날지 막막하기도 하여 마지막 일요일 아침에 집을 나온 아들은 제안했다. LA 해변을 갈 것이냐, 아니면 Prchanga casino resort에 한 번 더 가 볼 것이냐 하고 묻는 바람에 나의 욕심이 발동됐다.

　그래도 돈 버는 재미가 제일 좋지 하고 응수했더니 아들은 핸들을 Prchanga casino resort로 돌렸다. 나의 쓸데없는 자만이 발동한 것이다. 게임기에 앉았다. 이제는 내 의지대로 게임기를 다룰 수 없이 중간에 아들 돈도 투입되어 아들의 의지대로 게임기를 운영할 수밖에 없었다. 돈 투자 금액도 많거니와 자금이 투입되는 과정도 3배 정도 많아 투입된 자금이 순식간에 고갈되었다.

나의 판단과 달리 이번에는 처음부터 돈이 빠져나가기 시작했다. 종국에는 다 날아가고 수중에는 1불밖에 남지 않았다. 주머니는 텅 비어 1불이 나의 전 자산이 되었다. 주머니가 허전하다고 말하니 아들은 100불을 주었다.

이제는 100불이 최후의 마지노선이다. 어떻게 하든 한국으로 가지고 가야 한다. 중간에 달러를 한국에 가지고 가면 쓸 데가 없지 않느냐는 말을 듣고도 모르는 체하였다. 이제껏 카지노 한 것이 모두가 남가일몽이다. 초반에는 돈을 딸 것이니 게임기를 바꾸면 돈을 딴 것이라는 나의 망상도 깨지고 말았다. 중간에 지불한 식사비와 퀘벡에서 사탕 산 것, 뉴욕과 캔자스에서 그나마 캔자스로 표기된 모자를 산 비용 30불, 200불을 제외하고, 250불을 잃은 편이다. 모든 사업도 이와 대동소이할 것이라고 생각해 본다.

한편으로는 돈은 잃었으나 나의 기우가 무너진 것에 대하며 다행이라고 생각해 본다. 마지막에도 돈을 땄다면 나의 마음은 얼마나 건방져 있을까?

생각해 보니 나의 오만이 꺾이지 않았다면 국내에 있는 정선으로 언젠가는 달려가 나의 오만이 카지노 게임기를 잡았을 것이다. 정선에서의 실패를 미리 예방한 것이라고 견주어 볼 만하다. 비록 짧은 기간에 평생을 살아온 것처럼 많은 것을 깨우치게 된 계기가 된 것 같다.

앞으로 남은 생명이 얼마가 됐든 마치 긴 인생을 압축하여 살아온 것과 같다. 1달 5일간의 나만의 남가일몽을 경험했다.

천국과 같은 치앙마이 파크골프 여행

한마음 회원으로부터 파크골프 경기를 포함한 태국 치앙마이 여행을 권유받았다. 불과 몇 달 전 아내의 칠순 기념으로 미국을 다녀왔으므로 약간 미안했으나 아내에게 동의를 구하니 흔쾌히 수락하였다.

2월 20일부터 5박 7일간으로 적당한 일정이다. 전영길 회장을 필두로 한마음 팀과 합류한 12명은 국내선인 Jin air를 탑승 후 오후 5시 출발하여 5시간 후 태국 치앙마이 공항에 도착했다. 우리 시간으로는 10시, 2시간 늦은 태국 시각으론 오후 8시다. 마침 공항에 마중 나온 인천의 학회장님 등 관계자는 찾기 쉽도록 빨간색 유니폼을 입고 왔다. 비행기 안에서는 식사를 제공하지 않았기 사전에 인천공항에서 빵 등으로 요기를 하였으나 왠지 허전하였다. 마중 나온 팀이 망고 1팩씩을 주어 다 먹지를 못하고 일부를 남겨 놓았다. 도착한 날은 리조트에서 일박 후 젝키 파크골프 리조트에 도착했다.

젝키 파크골프 리조트는 원주민들에게는 우드볼 장 등으로 제공하고 우리에게는 36홀 파크골프장으로 겸임 제하였다. 파크골프장 유역면적이 40만 평 정도가 되고 곳곳에 연꽃 등 수생식물이 있고 분홍색이나 노랑 등 온갖 꽃나무로 조성되어 있었다. 우리나라에서는 실내에서만 볼 수 있는 양난이 나뭇등걸이나 노지에 지천으로 피어 있고 전면에 도이루앙이라는 태국에서 3번째 높은 표고 2,250m 되는 산이 있다. 눈으로 보기는 1,000m 쯤 되는 산인 줄 알았으나 치앙마이(신도시라는 뜻) 도시 자체가 분지이므로 높아 보이지 않아 등산 코스도 있다고 하니 장기간 머무르면 등산도 할 만하다.

한낮에만 30도가 넘는 따가운 날씨에 아침저녁으로는 제법 서늘하여 이불을 덮어야 했다. 취사는 한국 사람이 주방장으로 있고 한국 사람이 운영하는 리조트다 보니 마치 한국 안의 리조트와 별반 다르지 않고 한식뷔페로 망고와 수박, 상추는 먹고 싶은 대로 먹을 수 있었다.

사람이 살아가는 동안 생전에 천국을 본다는 것은 정말 행운일 것이다. 고국은 눈발이 나르는 겨울인데 상하의 여름에 기화요초가 무성하니 천국이라고 볼 수 있는데 천국이라고 좋은 조건에서 가만히 있지 않고 동호인들과 파크골프를 즐긴다는 사실! 이보다 더 좋을 수 없을 것이다.

때마침 서울, 인천, 경기도의 시합이 끝난 날 우리가 도착하였기에 우리 팀은 조를 나누어 파크골프를 쳤다. 의정부에서 온 동호인들과 파크골프 시합을 한 결과 이인자 회원이 1등을 하고 김선규, 장영신 회원이 준우승하고 전영길 회장님이 3등을 하였다. 전 회장님은 시합 중 부상을 입었는데도 불구하고 끝까지 분투하셨는데 아마 부상을 당하지 않았으면 1등을 하셨을 것이다. 나는 4등을 하여 부진한 성적이지만 파크골프를 잘 모르는 내가 가입한 다른 카페에 4등 수상한 사진을 올리니 여기저기서 국제대회에서 4등 했다고 찬사가 쏟아졌다.

국내에서 골프를 치려면 고가로 골프장에 자주 못 가 체면치레용으로 운동이 못 되나 파크골프는 일반 골프보다 짧은 시간에 치는 방법을 배워 누구나 칠 수 있다는 접근성과 저렴한 비용이 드는 장점이 파크골프를 치려는 동호인을 기하급수 늘리게 한 원인일 것이다.

이곳 리조트에서 숙식하면서 싫증이 날 때면 중간에 타이 전통 마사지

와 코끼리 트레킹과 쇼를 보았다. 왓 프라탓 도이수텝이라는 사리탑 박물
관과 거대한 사찰과 목이 긴 카렌족 탐방과 뗏목 리프팅, 라오스와 미얀마
태국과의 국경을 같이하는 소위 트라이앵글인 메콩강에서 뱃놀이는 잊을
수 없을 것이다. 유황온천도 일품이나 오래되었기 때문에 우리나라 식으
로 시설을 개량할 필요가 있다고 혼자 생각해 보았다.

　불교가 국교인 관계로 태국 국민들은 품성이 착하여 조그만 호의에도
감사해한다. 미국 도시에서 자주 보이는 노숙인을 볼 수 없는 등 치안이
확보된 나라인 것 같다. 필리핀에도 파크골프장이 있는데 풀숲에 떨어진
공을 주우러 가면 총 든 강도에게 당한다는 말도 들었다. 이곳 관계자에게
들으니 이곳에서 숙식을 포함한 1박은 8만 원이고 장기 체류 시는 더 저렴
하게 체류할 수 있다고 한다. 추운 겨울에 이곳 천국에서 1달 살기도 비행
기 삯만 보태면 가능할 것이다.

　친절하고 마음 씀씀이가 좋은 동호인들과 함께한 5박 7일이 마치 천국
인 꿈속에서 보낸 기분이다. 동행한 한마음 회원들에게 감사드린다.

• 후원금 계좌번호
: 농협 352 0437 8714 53 조홍열